GRAINS

Annabel Soutar

GRAINS

Monsanto *contre* Schmeiser

Théâtre documentaire

Traduit de l'anglais (Canada)
par Fanny Britt

LES ÉDITIONS écosociété
MONTRÉAL

Coordination éditoriale: Christophe Horguelin
Couverture: Catherine D'Amours, collectif Pointbarre
Typographie et mise en pages: Yolande Martel

Titre original: *Seeds* (Talonbooks, Vancouver, 2012)

Dépôt légal: 2e trimestre 2014

ISBN 978-2-89719-135-1

Ce livre est disponible en format numérique

Catalogage avant publication de Bibliothèque et Archives nationales du Québec et Bibliothèque et Archives Canada

Soutar, Annabel, 1971-

[Seeds. Français]

Grains: Monsanto contre Schmeiser

Traduction de: Seeds.

ISBN 978-2-89719-135-1

1. Schmeiser, Percy, 1931- – Procès, instances, etc. – Théâtre.
2. Monsanto Canada Inc. – Procès, instances, etc. – Théâtre.
I. Britt, Fanny, 1977- . II. Titre. III. Titre: Seeds. Français.

PS8637.094S4414 2014 C812'.6 C2014-940293-7
PS9637.094S4414 2014

Nous remercions le Conseil des arts du Canada de l'aide accordée à notre programme de publication. Nous reconnaissons l'aide financière du gouvernement du Canada par l'entremise du Fonds du livre du Canada pour nos activités d'édition.

Nous remercions le gouvernement du Québec de son soutien par l'entremise du programme de crédits d'impôt pour l'édition de livres (gestion SODEC), et la SODEC pour son soutien financier.

À mes deux jeunes pousses,
Ella et Beatrice

Dans une coproduction de Porte Parole et du théâtre La Licorne, *Grains* a été créée le 4 septembre 2012 à La Licorne, à Montréal, avec les comédien-ne-s et l'équipe de production suivants :

Christine Beaulieu
L'auteure, les juges de la Cour suprême

Bruce Dinsmore
Tony Creber, Carlyle Moritz, Keith Downey, John Honderich, Vandana Shiva, fermier retraité 1, Barry Commoner

Marie-Josée Gauthier
Louise Schmeiser, Roger Hughes, Ann Clark, sœur Catherine Fairbairn, fermier retraité 2

Mariah Inger
Nadège Adam, James Vancha, Lyle Friesen, Morris Hofmann, Wesley Niebrugge, Zita Maier, la femme de Moritz, l'animatrice de Johannesburg

Alex Ivanovici
Terry Zakreski, Illimar Altosaar, le vieux fermier indien, le mari de l'auteure, Jeff Hoiness, le fermier de Bruno

Cary Lawrence
Trish Jordan, Don Todd, Rene Van Acker, Mary-Deanne Shears, la vendeuse, la femme du fermier de Bruno

Guy Thauvette
Percy Schmeiser

Chris Abraham
Mise en scène

Camille Robillard
Assistance à la mise en scène

Ana Cappelluto
Conception des éclairages

Richard Feren
Musique et conception sonore

Julie Fox
Création des décors et des costumes

Elysha Poirier
Vidéos et projections

À propos du texte

Grains se compose principalement de la transcription mot pour mot des témoignages recueillis par l'auteure lors d'entrevues, du compte rendu textuel du procès Monsanto *c.* Schmeiser et d'articles de journaux.

Les didascalies de cette version de la pièce témoignent de la vision de Chris Abraham, pour qui tous les comédiens doivent être présents sur scène en tout temps. Les sorties signalent les moments où les personnages quittent l'action principale d'une scène sans toutefois quitter la scène elle-même. De cette manière, les personnages qui ne font pas partie physiquement d'une scène peuvent aisément lancer une réplique.

Chris Abraham et Julie Fox, la scénographe, ont conçu l'environnement scénique de *Grains* comme un laboratoire où évoluent des scientifiques et des techniciens de laboratoire. Lorsque les comédien-ne-s interviennent simplement pour aider l'auteure à raconter son histoire, ils figurent dans le texte sous le nom de « techniciens ».

La mise en scène d'Abraham a également recours à des projections de texte, d'images et de vidéos. Certaines de ces projections sont signalées ici pour montrer comment elles peuvent appuyer la narration.

L'épilogue de la présente version du texte reprend des informations relatives au débat planétaire sur les semences génétiquement modifiées à l'été 2012. Dans les productions futures de la pièce, ces informations devraient être mises à jour et remplacées par d'autres plus immédiatement pertinentes pour l'auditoire.

Personnages

par ordre d'entrée en scène

L'AUTEURE, *une dramaturge montréalaise, la trentaine*

LES TECHNICIENS, *cinq des comédien-ne-s*

TRISH JORDAN, *directrice des relations publiques pour Monsanto Canada, fin de la trentaine*

PERCY SCHMEISER, *un fermier de Bruno, en Saskatchewan, environ 70 ans*

LOUISE SCHMEISER, *épouse de Percy, environ 70 ans*

TERRY ZAKRESKI, *avocat de Percy, la mi-trentaine*

ROGER HUGHES, *avocat de Monsanto, la cinquantaine*

TONY CREBER, *avocat pour le lobby BioteCanada, début de la quarantaine*

NADÈGE ADAM, *porte-parole du Conseil des Canadiens, femme noire, la jeune trentaine*

DON TODD, *inspecteur chez Robinson Investigations, âge indéterminé*

JAMES VANCHA, *gestionnaire de la propriété intellectuelle chez Monsanto Canada, âge indéterminé*

CARLYLE MORITZ, *employé de Percy, la jeune trentaine*

KEITH DOWNEY, *ingénieur agronome, inventeur du canola, environ 70 ans*

ANN CLARK, *spécialiste des systèmes de production biologique, Université de Guelph (Ontario), la cinquantaine*

RENE VAN ACKER, *spécialiste des herbes à l'Université du Manitoba, la jeune quarantaine*

LYLE FRIESEN, *spécialiste des herbes à l'Université du Manitoba, fin de la trentaine*

MORRIS HOFMANN, *gérant adjoint des fournitures agricoles, meunerie Humboldt, la soixantaine*

ILLIMAR ALTOSAAR, *professeur de biochimie, microbiologie et immunologie, Université d'Ottawa, la quarantaine*

WESLEY NIEBRUGGE, *fermier et garagiste, la quarantaine*

SŒUR CATHERINE FAIRBAIRN, *religieuse des Sœurs grises de l'Immaculée-Conception, début de la soixantaine*

JOHN HONDERICH, *éditeur du* Toronto Star

MARY-DEANNE SHEARS, *éditorialiste au* Toronto Star

VANDANA SHIVA, *savante et militante indienne, la soixantaine*

VIEUX FERMIER INDIEN, *80 ans*

ZITA MAIER, *reporter au* Prairie Messenger, *la soixantaine*

LE MARI DE L'AUTEURE, *la trentaine*

JEFF HOINESS, *fermier et représentant de l'Association des cultivateurs de canola du Canada, la cinquantaine*

LA FEMME DE MORITZ, *la trentaine*

VENDEUSE À LA QUINCAILLERIE DE BRUNO, *la vingtaine*

ANIMATRICE RADIO DE JOHANNESBURG, *la quarantaine*

FERMIER RETRAITÉ 1, *70 ans*

FERMIER RETRAITÉ 2, *70 ans*

LES JUGES DE LA COUR SUPRÊME, *la juge en chef McLachlin, la juge Arbour, le juge Bastarache, tous joués par la comédienne qui interprète le rôle de l'auteure*

UN FERMIER DE BRUNO, *la soixantaine*

LA FEMME DU FERMIER DE BRUNO, *la soixantaine*

BARRY COMMONER, *biologiste, City University of New York, 87 ans*

Autres personnages : Francis Crick, serveuse de restaurant, collègue de Nadège, huissier, technicienne en échographie.

PROLOGUE

PROJECTION

La vie ?

Pendant que le public prend place dans la salle, les techniciens armés de micros interrogent des spectateurs au sujet de la vie. Les entrevues se poursuivent tandis que le changement d'éclairage indique que la pièce commence. L'auteure écoute un temps les réponses du public. Elle est visiblement enceinte.

L'AUTEURE, *au public*

Donc, la vie… Je voudrais commencer par dire… La vie : une chose vivante, un organisme, se définit scientifiquement par son aptitude à se reproduire. Pendant des siècles, les scientifiques ont observé ce… ce… ce…

TECHNICIEN 1

Ce phénomène.

L'AUTEURE

… ce phénomène sans savoir exactement comment les organismes vivants transmettaient leurs traits physiques d'une génération à l'autre. Ils avaient toujours considéré l'hérédité comme une sorte de monologue dans lequel la vie transmet une histoire biologique à sa progéniture, mais ils ne pouvaient pas voir de quelle manière exactement l'histoire était racontée. Au début du XXe siècle, des biologistes ont finalement découvert un… un…

TECHNICIEN 2

Un agent cellulaire.

L'AUTEURE

… un agent cellulaire… qui, lui, enregistrait et transmettait l'histoire génétique de la vie. À l'intérieur du noyau des cellules vivantes, ils ont découvert une longue séquence de combinaisons différentes de quatre nucléotides.

TECHNICIEN 3

Adénine, cytosine, guanine et thymine.

TECHNICIEN 2

A, C, G, T.

L'AUTEURE

Ils ont baptisé cette séquence…

TECHNICIEN 1

Acide désoxyribonucléique.

L'AUTEURE

Ou…

TECHNICIEN 4

ADN.

L'AUTEURE

… et ont déclaré que c'était l'alphabet fondamental des organismes vivants. ACGT : quatre petites lettres qui pouvaient raconter l'histoire biologique complète de la vie.

Donc… la vie ? Je travaille depuis pas mal de temps sur une pièce qui traite de la vie… Mais chaque fois que j'approche d'une version finale, je me rends compte que quelque chose s'est modifié en chemin… et je n'arrive plus à la finir.

Donc, très humblement, j'aimerais juste commencer en disant que…

La comédienne qui joue Trish Jordan a enlevé son sarrau de technicienne; elle est la première à se muer en personnage.

JORDAN, *interrompant l'auteure*
Il y a une chose qu'on sait : l'ADN, c'est la clé de la vie !

PROJECTION
Un message publicitaire télévisé de Monsanto, en anglais : « Comme fermier, vous croyez. Vous croyez en chaque hectare, en chaque culture, vous croyez au travail et à l'engagement. Vous croyez à l'avenir de l'agriculture et aux possibilités immenses qui s'offrent à vous. Et vous croyez aux rendements, pour alimenter la population de notre planète, qui s'accroît de génération en génération. Nous croyons... en vous. Et au fait de vous donner les meilleurs outils pour qu'ensemble nous puissions doubler les rendements du maïs, du soya et du coton d'ici 2030, grâce à de meilleures pratiques agricoles, au développement de meilleures semences et à l'introduction de traits génétiques innovateurs. Et nous croyons que vous pouvez produire davantage tout en utilisant un tiers moins de ressources, en semant des graines qui nécessitent moins d'énergie et d'eau et en travaillant avec nous à la croissance d'un monde meilleur, aujourd'hui et demain.

En 2050, il y aura 9 milliards d'humains sur terre, qui exigeront un niveau de vie supérieur et qui auront besoin des récoltes que vous produisez. »

ACTE UN

SCÈNE 1

Percy Schmeiser entre avec l'auteure, qui l'interviewe.

PERCY

Ça, c'est le fameux champ numéro 2, juste ici. C'est là que tout est arrivé. J'ai trois kilomètres de terre dans cette direction-là, puis deux dans cette direction-là. Le champ commence à côté des pylônes électriques, juste ici. C'est là que le champ comme tel commence. La propriété.

L'AUTEURE, *au public*

Percy Schmeiser, fermier, chez lui, à Bruno, en Saskatchewan, décembre 2003.

PERCY

Pour moi, la terre, *ma* terre, représente la vie. Puis si je repense en particulier… à cette portion-là de ma terre… cette terre-là… juste ce qu'on voit ici… puis que je repense à comment mon père s'est échiné à la travailler… Avant, c'était presque tout en broussaille. Puis quand j'ai pris la relève… Le temps que ma femme Louise et moi, on a passé à arracher des souches puis à ramasser des roches puis à travailler pour avoir la terre que vous voyez aujourd'hui… l'amener à produire une culture… Ça fait que la terre devient comme une partie de nous-même, vous savez ? Ça fait que ça brasse toutes sortes d'émotions. *(Un temps.)* Surtout maintenant, quand… quand tout à coup on peut plus faire pousser ce qu'on veut… Notre choix nous est enlevé, contre notre volonté… Notre propriété nous est enlevée.

Un temps.
Trish Jordan entre.

JORDAN
C'est une histoire assez simple : nous, Monsanto, détenons un brevet valide sur un produit, un brevet qui nous a été accordé par le Bureau canadien des brevets. Ce gars-là avait notre technologie brevetée. Il savait qu'il l'avait. Et il l'a utilisée.

PROJECTION
Trish Jordan, directrice des relations publiques chez Monsanto Canada.

JORDAN
Donc, que vous soyez un musicien ou un dramaturge ou *whatever*, prenez l'analogie que vous voudrez, si vous inventez un produit innovateur et que c'est votre idée à vous, OK ? et que le produit en question peut vous apporter un certain profit… Et ça, c'est ce qui intéresse la plupart des entreprises, *right* ? Parce que *that's what they do*… Ben, il leur appartient à ce moment-là de dire : « Comment est-ce qu'on peut partager notre technologie, mais en même temps être récompensé pour l'investissement qu'on a fourni ? »

L'AUTEURE, *au public*
Trish Jordan a d'abord refusé de participer à ce documentaire quand je l'ai contactée en mars 2004.

Trish Jordan tente d'intervenir pour protester.

L'AUTEURE

Elle a finalement accepté avec réticence un mois plus tard, après que je l'eus assurée que le documentaire ferait un portrait…

JORDAN

Balanced!

L'AUTEURE

… équilibré de l'affaire Monsanto-Schmeiser.

JORDAN

Monsanto fournit une technologie de grande valeur. On a plus de 30 000 fermiers dans l'ouest du Canada qui utilisent notre technologie, *right*? Par *choix*. Et ce qu'on entend des dizaines et des dizaines et des dizaines de fois de la part des fermiers, c'est : « *Hey, you know what?* Je veux essayer votre technologie. Je… J'aime votre technologie. » Euh… « Et je suis prêt à *payer* pour avoir accès à votre technologie. Mais vous savez quoi ? Si *moi*, je paie pour la technologie, ben je m'attends à ce que *tout le monde* suive les mêmes règles. » Et tout ça, c'est juste *un* cas, *un* individu, qui dans notre esprit n'a *pas* suivi les règles.

SCÈNE 2

PROJECTION, *avec le bruit d'une pile de journaux tombant lourdement par terre*

Une coupure de presse du Western Producer *de septembre 1998.*

TECHNICIEN 1

« Un fermier de la Saskatchewan fait l'objet de la première poursuite judiciaire au Canada en matière de protection des plantes génétiquement modifiées. »

Un téléphone sonne.

L'AUTEURE

Le tout premier article écrit sur l'affaire Monsanto-Schmeiser est paru dans le *Western Producer* en septembre 1998. Monsanto Canada avait intenté une poursuite un mois plus tôt, en alléguant que Percy Schmeiser cultivait son canola génétiquement modifié sans permis.

TECHNICIEN 1

« Schmeiser n'a pas répondu à nos demandes d'entrevue. »

Le téléphone cesse de sonner.

JORDAN

L'affaire ne se rendra peut-être pas en cour.

TECHNICIEN 1

« ... a indiqué une représentante de Monsanto Canada. »

JORDAN

Nous espérons pouvoir régler l'affaire sans avoir recours aux tribunaux.

PROJECTION *sur un autre écran*

5 ans plus tard. Bruno (Saskatchewan).

Un téléphone sonne (sonnerie différente de la précédente).

PERCY

Enlevez-les pas ! On est dans une ferme, ici.

L'AUTEURE

Elles sont vraiment sales… *(Elle garde ses bottes.)*

Louise entre, avec un téléphone sans fil.

LOUISE

Percy, encore un appel pour toi.

PERCY

Dis-leur que je suis occupé. *(À l'auteure)* Ma femme, Louise.

L'AUTEURE

Enchantée.

LOUISE

Pareillement.

PERCY, *à sa femme*

On s'est rencontrés à Ottawa. *(À l'auteure)* Vous habitez à Ottawa, je pense ?

L'AUTEURE

Montréal.

Louise sort pour parler au téléphone. Percy entraîne l'auteure dans la salle à manger.

PERCY

Montréal ! Vous me l'aviez dit, hein ? *(Il rit.)* Laissez-moi accrocher votre manteau quelque part... Allez-y, faites comme chez vous.

Percy sort.

L'AUTEURE, *au public*

Cinq ans après le début des poursuites de Monsanto contre Percy Schmeiser, je suis allée rendre visite à Percy et Louise dans leur ferme de Bruno, en Saskatchewan.

Percy entre.

PERCY

Installez-vous ici, si vous voulez. Je vais me mettre là. Je vais juste faire un peu de place... Je faisais de la paperasse...

Louise entre.

L'AUTEURE

Prenez votre temps.

LOUISE

Voudriez-vous un café ? Un thé ?

L'AUTEURE, *montrant son ventre arrondi*
Non merci. J'essaie d'éviter la caféine.

LOUISE
Oh mon Dieu ! J'avais pas remarqué !

PERCY
Ah ben, regardez donc ça !

LOUISE
Vous avez combien de mois de faits ?

L'AUTEURE, *au public*
À l'époque, j'étais enceinte de quatre mois.

LOUISE
Ça paraît presque pas. Vous êtes toute petite !

PERCY
Un petit jus, alors ?

L'AUTEURE
Un verre d'eau, c'est bon. Merci.

LOUISE
Avec des glaçons ou pas ?

L'AUTEURE
Pas de glaçons, merci.

LOUISE
Non, moi non plus, j'aime pas les glaçons.

Louise sort pour chercher de l'eau. Percy continue de débarrasser la table. Le téléphone sonne de nouveau.

L'AUTEURE, *au public*

Bruno est une petite ville située à quatre-vingt-dix kilomètres au nord de Saskatoon. Avant qu'elle devienne l'épicentre de la célèbre affaire Monsanto-Schmeiser, la ville aurait pu être décrite comme une petite communauté agricole prospère, fondée par des immigrants allemands et ukrainiens à la fin du XIXe siècle.

Louise est revenue et essuie la table avant d'y poser le verre d'eau.

PERCY

Louise fait du ménage, aujourd'hui. Nos enfants sont venus la fin de semaine passée. Avec les petits-enfants aussi. Vous pouvez imaginer le désastre !

LOUISE

J'ai pas encore nettoyé les marques de doigts des enfants !

PERCY

Je les vois. Ouais. *(Il rit.)*

LOUISE

Ah, on en a tous fait, des marques, quand on était petits. Quand on est tous là, ça monte à vingt-six, vingt-sept personnes. Vous pouvez vous imaginer !

PERCY

Ils vont, ils viennent, comme dans une auberge.

LOUISE

Ça fait beaucoup. La cuisine, le ménage après... Mais on est contents quand on apprend qu'ils veulent revenir nous voir. Parce qu'il y a des familles où les enfants veulent pas retourner. C'est triste, je trouve. Faut voir ça du bon côté.

L'AUTEURE, *au public*

Louise et Percy ont cinq enfants et quinze petits-enfants.

LOUISE

C'est votre premier ?

L'AUTEURE

Non, j'ai une fille de seize mois à Montréal.

LOUISE

Oh, elle doit s'ennuyer de vous. Vous faites des films, comme ça ?

L'AUTEURE

Non, c'est du théâtre... du théâtre documentaire. En fait, ce que je fais, c'est que j'enregistre ce que les gens disent, ensuite je transmets leurs paroles à des acteurs qui, eux, recréent ces conversations-là sur scène.

LOUISE

Eh ben.

L'AUTEURE

Ouais. Pour moi, la parole des gens, c'est un peu comme des empreintes digitales.

Louise sourit.

PERCY
On devrait peut-être commencer. Avant que le téléphone se remette à sonner. *(Il rit.)*

Le téléphone sonne.

LOUISE
Seigneur…

Louise sort. L'auteure prépare ses notes et dépose son enregistreuse devant Percy.

L'AUTEURE
OK. Vous êtes toujours prêt ?

PERCY
Je suis prêt.

L'AUTEURE
Euh… Quand avez-vous entendu parler de canola génétiquement modifié pour la première fois ?

PERCY
Un jour, c'était en 1998, je reçois un appel du bureau de poste. Je venais juste de rentrer du champ, c'était vers l'heure du souper, puis la femme a dit : « Percy, il y a un paquet pour toi. » Ça fait que j'ai dit : « OK, après le souper, je vais aller le chercher. » Je pense que je l'ai même pas ouvert le soir même. C'était un… une enveloppe, une grosse enveloppe. Puis je pense que je l'ai même pas ouverte le soir même, j'étais fatigué. Puis quand je suis rentré le lendemain, je pense qu'il

mouillait puis qu'on avait pas pu faucher, j'ai ouvert la lettre puis je l'ai regardée. Puis là, je lis ça : « Violation de brevet. » Puis ça dit que j'ai trente jours pour faire opposition, ça s'appelait une « déclaration » auprès de la cour provinciale de la Saskatchewan ou quelque chose du genre. En tout cas… *(Il rit.)* J'y ai pas trop pensé parce que je réalisais pas. *(Louise entre, dans un flashback. Elle regarde la déclaration.)* Puis une couple de jours plus tard, Louise me dit…

LOUISE

Je regarde ça, là… Je pense que quand tu vas aller à Humboldt, tu devrais passer voir l'avocat.

PERCY

Un avocat qu'on avait pour la ferme, pour s'occuper de la paperasse. J'ai dit OK. Je l'ai emportée avec moi, puis il l'a regardée, puis deux minutes après il a dit (j'oublierai jamais ça), il a dit : « Percy, je pense que t'as un problème. Ça va te prendre un avocat en brevets. »

Terry Zakreski entre.

ZAKRESKI

Un mois après que Percy eut reçu la déclaration par la poste, Monsanto l'a accusé de violation de brevet. Dans les journaux, dans le *Western Producer.*

L'AUTEURE, *au public*

L'avocat en brevets que Percy a embauché à Saskatoon s'appelait Terry Zakreski.

ZAKRESKI

Ça a été leur première attaque publique. Ils n'ont jamais pris le temps de le rencontrer en personne. Ils ont déposé la poursuite d'abord et questionné ensuite. Et ils n'auraient pas dû prendre ce chemin-là...

L'AUTEURE, *au public*

Terry m'a dit que Percy était un membre connu de sa communauté, une personnalité active de la vie politique municipale et un cultivateur de canola de longue date. *(À Zakreski)* Vous souvenez-vous de votre première rencontre avec Percy ?

ZAKRESKI

Je me souviens très bien de notre première rencontre. On s'est bien entendus dès le départ.

Ce fut, euh... le début d'une belle relation professionnelle entre nous deux. J'ai été, euh... frappé par son histoire, et j'ai trouvé qu'il avait un dossier solide. Et j'ai pensé que je pouvais faire quelque chose pour lui.

L'AUTEURE, *au public*

Zakreski était jeune mais il boitait d'une drôle de façon. J'ai appris plus tard qu'il souffrait de sclérose en plaques. Il a pris soin de ne jamais me divulguer d'informations confidentielles au sujet de Percy, mais il était clair qu'il avait cette cause très à cœur, et aussi son client.

ZAKRESKI

Monsanto accusait Percy d'être allé s'acheter des semences de contrebande et de les avoir utilisées dans ses champs. Et Percy était tellement convaincu et tellement insistant... Jamais il n'aurait fait une chose comme ça. Donc c'était ça, la cause, au départ. La cause de quelqu'un qui est accusé de quelque chose qu'il n'a pas fait.

Retour à l'entretien de l'auteure avec Percy.

PERCY

On devrait continuer ça dans le champ avant qu'il fasse noir. Ça va vous donner une idée de la place...

L'AUTEURE

Ça serait génial.

PERCY

Louise ! On s'en va dans le champ !

LOUISE

OK !

Ils mettent leurs manteaux.

PERCY

Vous comprenez, je vois pas de problème à ce que des compagnies développent une semence qu'un fermier peut acheter une fois puis réutiliser d'année en année, comme on a toujours fait. Puis je peux comprendre qu'ils veuillent pas que le fermier vende lui-même leurs semences à son voisin. J'ai pas de problème avec ça. Mais de dire qu'on peut plus réutiliser les grains qui nous restent l'année suivante ? Déjà, ça, c'est pas correct. Mais pire que ça, de dire, si leurs grains se retrouvent sur ma terre à cause du vent qui les transporte, contre mon gré, de dire que j'ai pas le droit de les utiliser ? Là, ça va trop loin. On va prendre le pick-up. *(Fort)* Louise !

LOUISE

Ouais !

PERCY

On va prendre le pick-up !

LOUISE

OK !

Percy et l'auteure montent dans le camion.

PERCY

Vous pouvez continuer vos questions. Même des questions personnelles ou des questions très précises. J'ai parlé à tellement de journalistes depuis cinq ans. Allez-y.

L'AUTEURE

Terry m'a raconté que Monsanto avait alerté les médias tout de suite après vous avoir informé de leur poursuite. Qu'est-ce que ça vous a fait, qu'ils décident de rendre ça public si rapidement ?

PERCY

Ben, c'était très choquant, pour moi, de voir mon nom dans le journal tout à coup, de lire que j'avais peut-être volé des grains ! Mais… j'ai fait un peu de politique, je savais comment ces compagnies-là fonctionnent. La première affaire qu'ils font, c'est d'essayer de discréditer quelqu'un publiquement. Les gens venaient me voir, mes voisins : « Percy, t'as sûrement fait quelque chose de pas correct. Une grosse compagnie comme ça te poursuivrait pas si t'avais rien fait de mal. » Ça fait qu'il a fallu combattre ça, les premières années. Vous comprenez, fallait que j'essaie de combattre ça.

ZAKRESKI

Je ne pense pas que Monsanto ait imaginé une seule seconde que Percy ferait opposition. Ils pensaient qu'on accepterait un règlement à l'amiable, qu'on renoncerait. Tout ce qu'ils voulaient, c'était faire un exemple. Ils voulaient que le public sache que leurs brevets l'emportent sur tout et que les fermiers doivent les respecter, sous peine d'être poursuivis.

SCÈNE 3

Une salle d'audience à Saskatoon. Roger Hughes entre et présente sa requête d'un ton délibéré.

HUGHES

Votre Honneur, ceci est une poursuite pour violation de brevet. Le plaignant, la compagnie Monsanto, possède un brevet sur un gène qui, quand on l'incorpore dans une semence, en l'occurrence de canola, rend cette semence résistante à un herbicide très puissant appelé Roundup…

L'AUTEURE, *au public*

L'avocat principal de Monsanto s'appelait Roger Hughes. C'était un juriste très réputé de Toronto.

HUGHES

… ce qui permet à un fermier d'arroser son champ avec l'herbicide Roundup, tuant ainsi toutes les mauvaises herbes dans le champ, tout en continuant de cultiver le canola. C'est le principe sur lequel repose ce brevet.

L'AUTEURE

Me Roger Hughes, conseiller de la reine, a écrit la plupart des manuels sur le droit canadien des brevets et occupe à présent la fonction de juge à la cour fédérale de l'Ontario.

HUGHES

Le canola dans lequel on incorpore ce gène se reproduit. Par conséquent, si un fermier en cultive puis en conserve les graines, il peut par la suite créer une nouvelle culture avec des semences qui auront les mêmes propriétés. Pour contrer cette éventualité, Monsanto exige de tout fermier qui acquiert ses semences de signer ce qu'on appelle un A.U.T., un accord d'utilisation de la technologie, par lequel le fermier renonce à conserver, à vendre et à distribuer le produit à d'autres.

L'AUTEURE

J'ai contacté Me Hughes à plusieurs reprises pour qu'il m'accorde une entrevue.

HUGHES

Monsanto fait respecter cette règle en surveillant continuellement les fermiers soupçonnés d'avoir acquis des semences par d'autres moyens et sans avoir signé le contrat. Percy Schmeiser, le défendeur, fait partie des personnes qui ont fait l'objet d'une telle surveillance.

L'AUTEURE

Quand je l'ai finalement eu au téléphone, il a refusé d'être interviewé. Je lui ai dit que l'avocat de Percy, Terry Zakreski, avait accepté, lui, de me parler. Ce à quoi il a répondu…

HUGHES

Tout avocat qui accepte de commenter publiquement une procédure judiciaire en cours n'est pas digne de défendre l'honneur de sa profession. *(Hughes a adressé ces mots à Zakreski, qui est complètement absorbé par la préparation de sa plaidoirie.)*

L'AUTEURE
Je lui ai demandé comment je pourrais raconter l'histoire dans sa globalité s'il refusait de me parler.

HUGHES
Lisez la transcription du procès !

L'AUTEURE
Je l'ai lue. J'ai payé plusieurs centaines de dollars pour obtenir une copie de la transcription du procès à la cour fédérale. Je me rappelle quand je suis allée la chercher au bureau de poste : quatre énormes reliures contenant plus de 1 300 pages. C'est cette transcription-là, mot pour mot, que vous entendez en ce moment.

PROJECTION
Des extraits de la transcription du procès.

ZAKRESKI
Votre Honneur, mon client est, et a toujours été, un cultivateur de canola conventionnel. Il n'a jamais délibérément planté de canola Roundup Ready sur sa terre. Je pense qu'il est important de souligner d'entrée de jeu que le brevet dont parlent les plaignants est un brevet pour un gène, pas pour un plant de canola, ou pour une semence de canola. Nous croyons que ce gène est comme un génie sorti de sa lampe magique et qu'il s'est répandu un peu partout dans l'environnement, sans qu'on en ait connaissance. Il s'agit d'un contaminant qui, une fois lancé dans l'environnement, ne peut pas être contrôlé. Nous le considérons vraiment comme un contaminant, Votre Honneur. La présence de ce gène sur la terre de M. Schmeiser est

une contamination, et M. Schmeiser croit pouvoir expliquer rationnellement comment ces semences de canola, avec le gène en question, se sont retrouvées sur sa propriété.

De retour dans le champ de Percy.

L'AUTEURE

Est-ce que vous pensiez à ce moment-là que ça prendrait de telles proportions ?

PERCY

Jamais. Jamais. Jamais. Je pensais que la réclamation serait rejetée, que c'étaient de fausses accusations. Mais je me suis rendu compte, dans l'année qui a suivi… même pas une année : après la moisson, quand j'ai eu plus de temps pour y penser, puis que j'ai lu… Vous savez, il y avait une trentaine d'éléments dans leur affaire de brevet. C'est là que j'ai réalisé que ça se pouvait, un *brevet* sur un *gène* à l'intérieur d'une *graine* de canola. Ça a compliqué les affaires, ça.

Percy ramasse un peu de terre et la frotte entre ses mains.

PERCY

Savez-vous qu'il y a au-dessus de mille gènes dans une semence ? Ils en ont breveté rien qu'un. Qu'est-ce qui leur donne le droit d'être propriétaires de tous les autres gènes de cette semence-là ? *(Il s'essuie les mains.)* Il faudrait que vous reveniez en été. C'est magnifique, avec les collines toutes vertes puis le canola tout jaune…

SCÈNE 4

L'AUTEURE, *au public*

Avant de commencer à travailler sur le projet, je ne savais pas vraiment ce que c'était qu'un gène, et encore moins comment on pouvait le modifier. J'ai compris rapidement que si je voulais bien saisir les fondements de la réclamation de Monsanto, j'avais besoin d'un petit cours accéléré de microbiologie. J'ai appris sur Internet que le mot *gène* était apparu au début du XXe siècle, mais qu'il avait été popularisé en 1953 quand deux biologistes, James Watson et Francis Crick, ont fait connaître leur fameuse théorie de la structure en double hélice de l'ADN.

CRICK

L'ADN déchiffre le code de la vie!

Pendant les explications de l'auteure, les autres comédiens «miment» son propos.

L'AUTEURE

Ils ont décrit l'ADN humain – le génome humain – comme un genre de précieux manuel rempli de A, de C, de G et de T, un manuel contenant des informations précises indiquant si un organisme est destiné à devenir un être humain ou un plant de canola. Ce manuel contient vingt-trois petits livres appelés chromosomes, dont la moitié nous sont transmis par notre mère, et l'autre moitié par notre père. Ces petits livres contiennent des chapitres appelés «gènes», qui donnent des instructions précises à la cellule sur la façon de construire les protéines de l'organisme.

Maintenant, imaginez qu'on puisse insérer de nouvelles lettres dans les chapitres de ces livres. C'est exactement ça que la technologie OGM tente de faire : en gros, réécrire l'histoire moléculaire, en donnant de nouvelles instructions à l'organisme sur le type de propriétés qu'il devrait posséder. Dans le cas du canola OGM, Monsanto insère un gène qui ordonne au canola de devenir résistant à l'herbicide Roundup.

Quand on y pense, l'idée que des êtres humains aient réussi à faire une chose pareille, c'est assez stupéfiant. Quand la poursuite contre Percy a été intentée en 1998, le système Roundup Ready connaissait déjà un grand succès auprès des fermiers. C'est bien compréhensible, puisqu'il leur évite d'avoir à désherber manuellement. Ils arrosent leur champ au complet avec du Roundup, puis toutes les plantes meurent, sauf le canola.

SCÈNE 5

Zakreski procède à l'interrogatoire de Percy.

ZAKRESKI

Monsieur Schmeiser, quand avez-vous remarqué pour la première fois que du canola résistant au Roundup poussait sur votre propriété ?

PERCY

La première fois, ça serait fin juin, début juillet, quelque part par là, juste avant la floraison, en 97.

ZAKRESKI

Et comment l'avez-vous découvert ?

PERCY

J'ai l'habitude d'épandre du Roundup autour des pylônes électriques puis dans les fossés qui longent ma terre, pour empêcher la mauvaise herbe de pousser. Puis après avoir arrosé, cet été-là, j'ai remarqué qu'il y avait des plants de canola qui avaient résisté.

ZAKRESKI

Est-ce que quelqu'un vous a aidé à faire ce travail d'arrosage ?

PERCY

Oui. Mon employé m'a aidé.

ZAKRESKI

Et comment s'appelle votre employé ?

PERCY
Carlyle Moritz.

De retour à l'entretien de l'auteure avec Percy, dans son champ.

PERCY
Quand on a fait les tests, Carlyle puis moi, il y avait des plants ici et là, ça poussait en petits tas, il y en avait plus près de la route, il y en avait moins vers l'intérieur du champ. C'est ça qui m'a fait dire que ça venait de grains apportés là par le vent. *(Il retourne vers son camion.)* Puis, plus tard, quand on préparait le procès, Terry puis moi, on a cherché à comprendre comment autant de semences avaient pu aboutir là. OK, on savait qu'il y avait eu une grosse tempête, mais on a aussi découvert qu'un de mes voisins avait planté du canola OGM de Monsanto en 1997, que les semences étaient arrivées par la route qui borde ma terre, dans un gros camion, et que la bâche du camion était percée, qu'elle battait au vent, et qu'il avait perdu de ses grains sur le bord de ma terre. Là, j'ai su comment ça s'était ramassé dans mon champ. Mais il avait rien dit à personne, dans le temps.

Trish Jordan raconte l'histoire à nouveau, de son point de vue.

JORDAN
Donc, M. Schmeiser raconte comment il pense que c'est arrivé, et puis comment il a supposément découvert du canola Roundup Ready dans son champ, *right* ? Mais nous, du point de vue de Monsanto, on ne pense pas que cette histoire-là est véridique. On pense

que c'est une pure fabrication. *But that's okay*, il l'a dit en cour. Son histoire, c'est : en 1997, M. Schmeiser est allé mettre du Roundup autour de ses pylônes, et il y a un peu de canola qui a survécu. *So*, il a décidé d'arroser un hectare de terre. C'est ce qu'il a dit au procès. Il a dit…

PERCY

Je vas faire une petite expérience !

JORDAN

« … parce que je trouve ça bizarre, puis je comprends pas pourquoi, si j'ai vaporisé du Roundup, *you know*… Je devrais pas avoir de canola. »

Well ! Premièrement, je connais aucun fermier sain d'esprit qui irait arroser un champ de canola avec du Roundup, en sachant qu'il cultive du canola conventionnel. Parce qu'il va juste le tuer, son canola ! *(Elle rit.) Right ?* C'est à ça que ça sert, le Roundup. Mais…

PERCY

C'est pas grave, c'est juste un hectare sur quatre cents.

JORDAN

« C'est pas grave. » Donc, il a arrosé un hectare. Soixante pour cent a survécu. Qu'est-ce qu'il a fait après ? Après, il a récolté ce qui avait survécu. En sachant… Il a dit qu'il connaissait rien au canola Roundup Ready et qu'il voulait rien savoir de ça. Il l'a arrosé au Roundup : ce qui a survécu était forcément du canola résistant au Roundup. Je veux dire, il y a aucune autre explication !

Trish Jordan sort.

SCÈNE 6

Tony Creber s'entretient avec l'auteure tandis qu'ils attendent une table, à l'entrée d'un restaurant d'Ottawa.

CREBER
Euh… *(Petit rire.)* Croyez-le ou non, je… je crois à l'impartialité.

L'AUTEURE
Désolée, pouvez-vous répéter ? Je n'enregistrais pas…

CREBER
Je… Je crois à l'impartialité. Et je présume que vous y croyez, vous aussi, n'est-ce pas ?

L'AUTEURE, *au public*
Je suis allée discuter avec un avocat d'Ottawa, pour avoir un autre avis juridique.

PROJECTION
Tony Creber, avocat.

CREBER
Mais n'importe quel bon auteur a… Je n'appellerais pas ça une « licence littéraire », mais… Il y a une sélection des faits pertinents, n'est-ce pas ? Donc… Donc, j'imagine que la question, c'est…

(Il rit doucement.) Voyez-vous, il y a les faits purs, ça, ce n'est pas un problème. Ensuite, il y a l'interprétation des faits. Et ensuite il y a la sélection des faits qu'on choisit de présenter. On pourrait se retrouver

avec une interprétation complètement différente, ici, dépendamment…

Donc, je vais essayer de m'en tenir, moi, à des choses purement factuelles pour essayer d'éviter de verser dans l'éditorial. Parce que c'est là que je serais sur un terrain… anxiogène, à défaut d'un meilleur terme.

L'AUTEURE

Tony Creber est un avocat en propriété intellectuelle pour BioteCanada, un groupe de pression au service de l'industrie de la biotechnologie.

CREBER

C'est vrai, c'est un fait. Euh… Mais il y a une réserve que je voudrais formuler avant d'aller plus loin. Et c'est qu'il y a… Il y a des… ce que j'appellerais des « problèmes de crédibilité » qui se posent, dans ce dossier. Et je ne suis pas près du dossier, mais je suis au courant de ces questions-là et, euh… Purement d'un point de vue légal, si on dit quelque chose en cour, il y a une immunité liée à ce qu'on dit en cour. Mais ici… Vous comprenez ce que je veux dire ?

L'AUTEURE

Pas vraiment.

CREBER

Les lois sur la diffamation ?

L'AUTEURE

OK.

CREBER

La vérité, c'est une bonne défense en cour. Mais ici ?

L'AUTEURE

Euh… Est-ce qu'il y a des questions en particulier que vous préférez ne pas vous faire poser ?

CREBER, *baissant la voix*

Eh bien… non. Vous pouvez me poser la question, sauf que certains éléments du témoignage de M. Schmeiser… Je veux seulement être prudent, et je vous recommande d'être prudente aussi. *(Il rit.)* Un conseil gratuit.

SERVEUSE

Madame, monsieur, si vous voulez bien me suivre, votre table est prête.

SCÈNE 7

Une salle d'audience à Saskatoon. Roger Hughes, avocat de Monsanto, contre-interroge Percy Schmeiser.

HUGHES
Monsieur Schmeiser, quand vous êtes retourné et que vous avez vu que 60 pour cent du canola Roundup Ready était encore là après le test, vous avez été surpris ?

PERCY
J'ai été surpris parce que j'en avais jamais vu avant.

HUGHES
D'accord. Avez-vous pris des photos ?

PERCY
Non.

HUGHES
L'avez-vous noté dans un carnet ?

PERCY
Non plus.

HUGHES
Donc, ça n'avait aucune importance ?

Un temps.

PERCY
Non.

HUGHES

En avez-vous parlé à quelqu'un ?

PERCY

Non, j'avais pas de raison d'en parler.

HUGHES

Vous n'avez pas fait venir un consultant pour qu'il examine cette situation inhabituelle dont vous étiez témoin ?

PERCY

Non, il y avait pas de raison que je fasse ça, vu que ça fait cinquante ans que je cultive du canola. Je considérais que j'avais assez d'expérience pour... Ça m'a même pas traversé...

HUGHES

Considériez-vous cela comme une *contamination* ?

Un temps.

PERCY

Ben, je savais qu'il y avait du canola dans mon champ qui avait résisté au Roundup, puis je pense que c'est peut-être pour ça que, pour répondre à votre question – j'essaie de me rappeler, là...

HUGHES

On espère vivement que vous trouverez la réponse, monsieur Schmeiser, parce que vous empruntez une route très tortueuse. Considériez-vous cela comme une contamination, oui ou non ?

PERCY

Je peux pas répondre oui ou non à ça sans vous dire que ce qui est arrivé, c'est le fait qu'il y avait eu pas mal d'articles de journaux qui disaient que les fermiers devraient pas utiliser le même produit chimique tout le temps dans un champ en particulier parce qu'il pourrait se développer des super mauvaises herbes qui pourraient…

HUGHES

Monsieur Schmeiser, j'essaie de vous poser des questions pour que vous puissiez répondre oui ou non. *(Un temps.)* Je vous ai demandé : « Considériez-vous cela comme une contamination, et par conséquent avez-vous contacté un consultant ? » Et votre réponse, c'est non ?

PERCY

Non.

HUGHES

Votre *réponse*, c'est non ?

Un temps.

PERCY

Oui.

HUGHES

Oui.

SCÈNE 8

PROJECTION

Contamination

Nadège Adam s'entretient avec l'auteure dans son bureau d'Ottawa.

NADÈGE

Contamination est un nouveau mot, parce que du pollen transporté d'un champ à un autre, ça s'est toujours produit dans le passé. Mais maintenant, il faut distinguer les cultures OGM et les cultures non OGM, alors on a le terme *contamination*.

L'AUTEURE, *au public*

Nadège Adam milite contre les aliments OGM au sein du Conseil des Canadiens.

NADÈGE

Vous comprenez, les gens pensaient tous que c'était l'histoire de Percy seulement. Mais la majeure partie de l'Ouest canadien est contaminée par les semences de… les semences de Monsanto.

L'AUTEURE

Le Conseil des Canadiens se décrit comme la plus grande organisation citoyenne au pays et fait la promotion de politiques économiques et sociales progressistes au Canada.

JORDAN

En fait, c'est un lobby de gauche dirigé par une radicale, Maude Barlow.

NADÈGE

Ce que Monsanto faisait, ils allaient prélever des échantillons de plants sur votre terre, ils testaient les échantillons, puis ensuite vous receviez une lettre qui disait : « Soit vous nous payez quarante dollars par hectare, soit on vous traîne en cour. » Vous me suivez ? Et la différence dans le cas de Percy, c'est que lui a répondu : « Eh bien, allez-y, traînez-moi en cour, parce que moi, je paierai pas un sou. » Tous les autres se disaient : « C'est Monsanto », ils se disaient : « OK, je vais payer. » Vous comprenez ce que je veux dire ?

JORDAN

Demandez-lui pourquoi M. Schmeiser n'a pas tout simplement appelé Monsanto quand il a découvert du canola résistant au Roundup.

NADÈGE

Parce qu'il se disait : « C'est pas mes affaires, c'est pas mon problème… C'est pas moi qui l'ai mis là. »

JORDAN

C'était très clair qu'on détenait un brevet là-dessus.

NADÈGE

Il se disait : « C'est vous qui avez contaminé mon champ, pourquoi ce serait à *moi* de vous courir après ? »

JORDAN

Il raconte qu'il avait jamais entendu parler de canola OGM avant que ça « tombe du ciel sur sa terre ».

NADÈGE

Ça ne lui a même pas traversé l'esprit. « Mon Dieu, je devrais m'assurer que cette semence-là ne pousse pas dans mon champ ! » Il s'est dit : « C'est pas moi qui l'ai mise là, tant pis ! »

JORDAN

Mais quand on a lancé le produit en 1996, *I mean*, on a fait plein de publicité !

NADÈGE

Ah ! Mais si vous êtes un fermier puis que vous voyez ça, vous êtes mieux d'appeler Monsanto.

JORDAN

Mais *apparently*, M. Schmeiser vivait dans une bulle à l'époque, même en étant le maire de son village !

NADÈGE

Parce que Monsanto, non seulement ils ont des inspecteurs, je veux dire, littéralement parachutés dans votre champ à n'importe quelle heure du jour, à votre insu, pour tester vos champs, mais en plus ils ont des numéros sans frais pour que, si votre voisin vous soupçonne de cultiver du canola de Monsanto, Monsanto vous dit…

COLLÈGUE DE NADÈGE

« Prenez le téléphone, dénoncez vos voisins ! »

NADÈGE

Ils vont même vous donner un blouson de cuir de Monsanto si vous dénoncez votre voisin. C'est la chose la plus bizarre qu'on a jamais vue. C'est incroyable, mais c'est ça qu'ils font.

JORDAN

On est allés le voir *avant* qu'il sème, en 1998.

NADÈGE

Ils savent que leur produit se répand ! Tout ce qu'il faut, c'est une journée de grand vent, puis bang ! c'est rendu chez vous, vous comprenez ?

JORDAN

Il n'a pas écouté nos avertissements, alors il a fallu qu'on agisse.

NADÈGE

Et c'est ça qui est arrivé. C'est le calcul de Monsanto, en fait, d'aller contaminer le plus de terres possible pour que les OGM soient un fait accompli contre lequel on ne pourra plus se battre !

L'AUTEURE, *au public*

J'ai commencé à me demander ce que Percy savait exactement des pratiques de Monsanto au moment où il a trouvé les plants Roundup Ready dans son champ. Est-ce qu'il est possible qu'il ait vu dès ce moment-là une occasion de se battre pour certains droits des fermiers ?

SCÈNE 9

Chez Percy et Louise. L'auteure éternue et se mouche.

PERCY

C'est un méchant rhume, ça, hein ? *(Fort)* Louise !

LOUISE, *depuis une autre pièce*

Ouais ?

PERCY

Où est-ce que vous avez attrapé ça ?

L'AUTEURE

Oh, ici, cette semaine... Je pensais qu'il faisait froid à Montréal, mais...

PERCY

Vous avez encore rien vu !

L'auteure rit. Louise entre en se dépêchant.

PERCY

Louise, elle a besoin... Voulez-vous une boisson chaude ? Elle a le rhume, Louise.

L'AUTEURE

Ça va... Tout va bien, merci.

LOUISE

Je vais vous préparer un lait chaud avec du miel. Percy, il fait froid dans la maison, monte le chauffage.

PERCY

Je pourrais monter le chauffage.

LOUISE

Vous mangez comme il faut ? Vous mangez pour deux, là, oubliez pas !

L'AUTEURE

Merci... Ça va, vraiment...

Louise est déjà partie préparer le lait chaud.

L'AUTEURE

Alors, oui... Euh... Je voulais juste revenir sur certaines choses dont on a discuté la semaine dernière. Je me demandais...

PERCY

Êtes-vous capable de poser des questions puis de remplir des enveloppes en même temps ?

L'AUTEURE

Pas de problème ! Euh... Quand vous avez décidé de contester la poursuite de Monsanto... Euh... Est-ce que votre communauté, à Bruno, était derrière vous ?

PERCY

Ah... En privé, j'ai beaucoup de soutien... parce que les gens ont peur. Quand ils entendent un représentant de Monsanto qui dit à un fermier : « Si vous appuyez Percy Schmeiser, on va vous poursuivre comme on a fait avec lui », quand ils se font menacer comme ça... Puis quand ils voient tout ce qu'on a... tout ce que ça nous a coûté de nous battre contre

Monsanto… *(Désignant les enveloppes)* Je vais aller poster ça… Les fermiers venaient me voir pour me dire comment Monsanto les invitait à la pêche, comment ils les invitaient au restaurant pour leur dire des affaires négatives sur moi. C'est une culture de la peur, vous savez, et les fermiers renoncent… Ils renoncent quand ils apprennent que ça m'a coûté 300 000 dollars puis cinq ans de notre vie.

Louise est revenue avec le lait.

L'AUTEURE, *à Louise*
Merci.

LOUISE
De rien, ma belle.

Louise sort.

PERCY
Qu'est-ce qu'on disait ?

L'AUTEURE
Vous parliez d'une culture de la peur… Mais je voudrais juste… J'essaie de comprendre quelque chose… Quand vous avez découvert le canola Roundup Ready dans votre champ… est-ce que c'est dès ce moment-là que vous avez jugé que vos droits, en tant que fermier, avaient été bafoués ?

PERCY
Ben, au début, en 97 puis en 98, il y avait pas des masses d'informations sur le canola OGM ou sur les contrats… les droits des fermiers qui pourraient pas

réutiliser leurs semences d'année en année. Euh… Parce qu'il y avait pas d'informations dans les journaux. Le gouvernement… Le gouvernement nous a jamais rien dit sur les OGM. Quand j'ai découvert en 1998 qu'il y avait un brevet sur les semences, on comprenait même pas de quoi ils parlaient.

L'AUTEURE

Donc, quand vous avez découvert le canola Roundup Ready dans votre champ, vous ne saviez même pas que ça existait ?

PERCY

C'est ça… À ce moment-là…

L'AUTEURE

Mais les fermiers dans votre coin n'en faisaient pas déjà pousser ?

PERCY

On savait rien ! Savez-vous ce qui se passait ? Le vendeur de semences ou le vendeur de pesticides recevait un appel d'une compagnie comme Monsanto, puis ils disaient : « Pouvez-vous nous donner les noms de trois ou quatre fermiers dans le secteur puis les inviter à une rencontre spéciale ? »

> *On voit un groupe de trois fermiers assis à une réunion d'information avec de la propagande de Monsanto devant eux.*

PERCY

Ils appelaient ça des « rencontres d'information Monsanto ». Puis le monde recevait des invitations spéciales, puis quand ils allaient là, ils étaient chouchoutés puis ils se faisaient raconter plein de belles affaires sur leur nouveau produit. C'est comme ça que ça se passe ! *(Un temps.)* J'ai jamais été invité.

L'AUTEURE, *au public*

C'était la première fois que j'entendais parler de la manière dont les semences OGM avaient été introduites dans notre alimentation. Percy décrivait tout ça comme une opération plutôt secrète. Comment une chose aussi importante que les OGM pouvait rester aussi confidentielle ? Pourquoi certains fermiers étaient choisis et pas d'autres ? Et surtout, pourquoi la population, en dehors de la communauté agricole, était-elle aussi ignorante de tout ça ? Est-ce que les compagnies comme Monsanto espéraient implanter une agriculture OGM au Canada avant que le public en prenne vraiment conscience ?

SCÈNE 10

Une salle d'audience à Saskatoon.

HUGHES

Votre Honneur, la poursuite appelle maintenant M. Don Todd à la barre des témoins.

L'AUTEURE, *au public*

À l'été 98, Monsanto a obtenu une ordonnance de la cour pour prélever des échantillons de canola dans les champs de Percy Schmeiser afin de les tester.

HUGHES

Monsieur Todd, avez-vous déjà mené une enquête relative à des échantillons de canola provenant de la propriété de M. Schmeiser ?

TODD

Oui, c'est exact. En vertu d'une ordonnance judiciaire, je suis allé à la ferme de M. Schmeiser.

HUGHES

Et vous souvenez-vous de ce que vous avez fait suivant cette ordonnance ?

TODD

Le… Je pense que c'était le 12 août 1998, j'ai reçu l'ordre de mon employeur, Robinson Investigations, de me rendre le lendemain à la ferme de Percy Schmeiser, à Bruno. On m'a remis une copie de l'ordonnance de la cour, et je suis allé chercher M. Jim Vancha à Saskatoon.

James Vancha entre.

HUGHES

Monsieur Vancha, pouvez-vous vous identifier pour la cour ?

VANCHA

James Vancha, gestionnaire de la propriété intellectuelle, Monsanto Canada.

TODD

M. Vancha et moi, nous sommes allés à Bruno avec mon camion. On a trouvé M. Schmeiser en train de travailler dans un de ses champs.

Zakreski interroge Percy, pendant que Hughes interroge Todd et Vancha. Carlyle Moritz et Percy jouent la scène qui se déroule dans le champ.

ZAKRESKI

Monsieur Schmeiser, vous souvenez-vous d'avoir rencontré James Vancha et Don Todd le 13 août 1998 ?

PERCY

Oui, je m'en souviens.

HUGHES

Pouvez-vous raconter ce qui s'est passé ?

TODD

Je me suis présenté à M. Schmeiser, et M. Vancha a fait la même chose. Puis je l'ai avisé qu'on avait une ordonnance judiciaire pour prélever des échantillons sur des portions de sa terre identifiées dans l'ordonnance.

Et j'avais cru comprendre que M. Schmeiser nous accompagnerait pendant qu'on irait faire l'inspection et les prélèvements…

PERCY

Puis j'ai dit : « Je vais y aller avec vous, puis moi aussi, je vais prendre un échantillon », puis ils ont dit qu'il y avait des instructions pour que moi aussi, je prenne un échantillon, mais pas d'instructions sur le fait que je les accompagne.

Un temps.

TODD

J'ai demandé à M. Schmeiser s'il allait nous accompagner lors du prélèvement. Il a dit non.

PERCY

Ils insistaient pour que j'y aille pas avec eux.

Un temps.

HUGHES

Pourquoi M. Schmeiser ne voulait-il pas y aller avec vous ?

Les réponses contradictoires de Todd et de Vancha se chevauchent.

TODD

Il nous a dit qu'il avait, je pense, une sorte de blessure, une jambe endolorie ou quelque chose comme ça.

VANCHA

M. Schmeiser a dit qu'il était occupé aux champs et qu'il ressentait pas le besoin de venir avec nous.

Un temps.

ZAKRESKI

Et vous ? Qu'est-ce que vous avez dit ?

PERCY

J'ai dit : « Si je peux pas y aller avec vous, vous pouvez pas prendre d'échantillon. » *(Un temps.)* Puis ils ont dit…

TODD ET VANCHA

On a une ordonnance de la cour et on vient prendre un échantillon !

PERCY

Puis après ils ont sauté dans leur véhicule, puis ils sont partis vers le nord jusqu'à tant que je les perde de vue.

Todd et Vancha sortent.

PERCY

Puis je les ai plus jamais revus avant trois heures de l'après-midi. Ils sont revenus à l'entrée du champ.

Todd et Vancha rentrent.

TODD

Et on lui a donné sa part des échantillons.

Todd tend des sacs à Percy et en garde d'autres pour lui.

PERCY

Ils avaient plein de sacs Ziploc, puis ils m'ont donné des sacs puis ils m'ont demandé s'ils pouvaient prendre une photo de moi en train de les recevoir.

VANCHA

J'ai pris une photo de M. Todd en train de donner les échantillons à M. Schmeiser.

Todd et Percy posent pour la photo.

PERCY, *interviewé par l'auteure*

Il y en a même un qui a dit que j'avais une jambe endolorie ! Je fais de l'escalade, bout de Christ ! J'ai jamais eu de jambe endolorie !

HUGHES

Monsieur Schmeiser…

L'AUTEURE, *au public*

Percy Schmeiser a tenté l'ascension de l'Everest à deux reprises, réussi celle du Kilimandjaro et traversé le désert du Sahara.

PERCY

Ils me mentaient en pleine face ! Ils ont dit : « On a pris des échantillons dans votre champ, dans tous vos champs. » Ben, j'ai dit : « Heille, comment vous avez pu ramasser des échantillons dans tous mes champs ? » J'ai dit : « Je peux en voir trois d'ici, puis je vous ai jamais vus là. »

HUGHES
Monsieur Schmeiser…

PERCY
« Ouais, ben on en a pris. » Mais je les ai jamais vus sur ma terre !

HUGHES
Monsieur Schmeiser, votre témoignage diffère de ceux de M. Vancha et de M. Todd !

Percy revient à la scène du procès.

PERCY, *avec réticence*
Oui.

HUGHES
Nonobstant cela, c'était votre champ, et vous auriez pu aller là où vous le vouliez, on est d'accord ?

PERCY
C'était mon champ, mais ils m'ont laissé là puis ils sont partis.

HUGHES
Oui, mais pour un homme qui a escaladé le Kilimandjaro et l'Everest et traversé le Sahara, une petite marche vers votre camion n'aurait pas été un obstacle insurmontable, je me trompe ?

Un temps.

PERCY
Non.

HUGHES

D'accord. Donc, vous auriez pu retourner à votre camion et faire de deux choses l'une : vous auriez pu les suivre, ou vous auriez pu aller chercher vos propres échantillons, on est d'accord ?

PERCY

J'aurais pu les suivre si j'avais su où ils s'en allaient, mais j'étais à au moins un kilomètre de marche de mon camion.

HUGHES

Ou vous auriez pu vous dire : « Qu'ils aillent au diable, je vais prélever mes propres échantillons. »

PERCY

Le recul, c'est merveilleux, hein ?

HUGHES

Et vous auriez pu dire : « Si vous ne me laissez pas vous accompagner, je vous ordonne de quitter ma propriété. »

PERCY

C'est exactement ça que j'ai dit, mais ils ont dit qu'ils avaient une ordonnance de la cour…

HUGHES

Donc, vous aviez les deux choix. Maintenant, avez-vous téléphoné à votre avocat en lui disant qu'il y avait quelque chose de louche dans le prélèvement des échantillons ?

PERCY

J'ai pas contacté mon avocat ce jour-là, mais plus tard je l'ai contacté en lui disant ce qui s'était passé, puis que c'était pas…

HUGHES

Avez-vous demandé à votre avocat d'écrire…

ZAKRESKI

Objection !

HUGHES

… à la cour ou à qui que ce soit d'autre ?

ZAKRESKI

Objection, Votre Honneur…

HUGHES

Votre Honneur, il semble que le témoin essaie d'insinuer quelque chose par rapport aux témoignages contradictoires de MM. Todd et Vancha et de lui-même. Alors, laissez-moi lui poser cette question : il n'y a pas eu de lettre envoyée par votre avocat aux avocats de Monsanto pour formuler une plainte quant à la façon dont les échantillons avaient été prélevés ?

PERCY

Je suis pas au courant de ça.

HUGHES

Pas au courant d'une plainte officielle au sujet du prélèvement des échantillons. Merci.

Hughes poursuit son attaque au sujet des échantillons.

HUGHES

Maintenant, Votre Honneur, j'aimerais vous informer que ces échantillons recueillis par Don Todd et James Vancha, quand ils ont été testés, ont prouvé que bien au-delà de 95 pour cent d'entre eux contenaient le gène Roundup Ready.

Les personnages réagissent à l'annonce de la preuve.

ZAKRESKI

Votre Honneur, j'aimerais apporter une nuance ici…

HUGHES

Ce qui correspond à une semence de qualité commerciale…

ZAKRESKI

Il y a eu d'autres tests effectués, dont M. Hughes oublie de parler…

HUGHES

Ces échantillons ont été testés pour détecter la présence du gène de plusieurs façons…

ZAKRESKI

Il y a eu des tests indépendants faits sur ces échantillons qui démontrent un taux beaucoup plus faible de conta…

HUGHES

… incluant un procédé très, très élaboré appelé « test d'électrophorèse », effectué au siège social de Monsanto à Saint Louis, au Missouri.

ZAKRESKI

Et en réalité, l'échantillonnage et les tests sont, je dirais, un fatras de résultats différents, de personnes différentes…

HUGHES

Et dans tous les tests effectués sur le canola du défendeur, le résultat était plus ou moins le même…

ZAKRESKI

… avec un problème majeur, c'est que tous les tests de Monsanto ont été effectués à l'interne, par des employés de la compagnie.

HUGHES

… et ils ont tous démontré que le canola était à plus de 95 pour cent résistant au Roundup!

Bruit de marteau d'un juge. Silence. L'audience est levée.

SCÈNE 11

Tony Creber s'entretient avec l'auteure dans un restaurant chic d'Ottawa.

L'AUTEURE

Quatre-vingt-quinze pour cent? OK, donc la résistance à 95 pour cent sur les échantillons de 98... Argh... Pourquoi les dates et les chiffres sont tous dans les 90!

Un serveur fait goûter le vin.

CREBER

Comme notre vin: c'est un 95. Savoureux! OK, il y a l'an 1 et il y a l'an 2. L'an 1, c'est 1997, quand M. Schmeiser dit avoir trouvé le canola OGM dans son champ et qu'il le teste; 60 pour cent de l'échantillon se révèle résistant au Roundup. Le canola Roundup Ready a été introduit sur le marché en 96 seulement. Alors comment expliquer une présence aussi forte dans son champ en 97?

L'AUTEURE

Percy a donné plusieurs explications pour ça. Il a parlé de pollinisation croisée, de semences tombées des camions qui passaient près de son champ... En 96, il y a eu une énorme tempête qui aurait pu transporter les grains de ses voisins jusque dans son ch...

Creber rit.

L'AUTEURE

Quoi? *(Elle rit.)* Vous n'y croyez pas, hein?

CREBER

OK, d'accord, admettons. Se retrouver avec 60 pour cent de canola Roundup Ready sur plus d'un hectare, c'est... Transportés par le vent... C'est un pourcentage pas mal grand, mais d'accord. Disons que les grains ont bel et bien été transportés par le vent. Sauf qu'ensuite, il les a arrosés de Roundup et il a semé les grains de *ces* plants en 1998 !

L'AUTEURE

Mais qu'est-ce que ça change ? Percy est propriétaire de sa terre, non ? Donc, il est propriétaire de ce qui pousse sur sa terre ! Il ne peut pas faire ce qu'il veut avec ce qui pousse sur sa terre ?

CREBER

Non. Pas si c'est breveté. Une violation de brevet, c'est une atteinte à la propriété. Il a commis une violation.

L'AUTEURE

Mais c'est injuste, il ne savait même pas que le produit était breveté, à l'époque !

CREBER

Eh bien, malheureusement, ou heureusement, on ne saura jamais exactement ce que M. Schmeiser savait, mais ça ne change rien aux faits scientifiques. Parce que même si les semences de 97 étaient arrivées de façon naturelle, elles n'auraient pas pu engendrer une progéniture qui, une fois plantée en 98, a créé une récolte qui était à 95 pour cent résistante au Roundup !

L'AUTEURE, *au public*

Mais est-ce que c'était vrai ? Je n'avais aucune connaissance des principes scientifiques auxquels Creber faisait référence. Pourquoi le chiffre de 95 pour cent était si accablant ? À ce moment-là, j'étais complètement perdue ! Je ne comprenais plus le fondement de la poursuite. Est-ce que Monsanto voulait nous prouver que les grains OGM n'avaient pas pu arriver de manière naturelle dans les champs de Percy en 97 ? Ou est-ce qu'ils voulaient montrer que, même si c'était le cas, il aurait quand même fallu que Percy fasse quelque chose, délibérément, pour en arriver à une récolte résistante à 95 pour cent en 98 ?

SCÈNE 12

Une salle d'audience à Saskatoon.

HUGHES

Votre Honneur, j'appelle le prochain témoin de la poursuite, M. Keith Downey !

Keith Downey entre.

L'AUTEURE, *au public*

Keith Downey est l'ingénieur agronome canadien qui, au début des années 70, a mis au point un colza modifié qui allait devenir la figure de proue de l'agriculture canadienne : le canola. Aujourd'hui, l'huile de canola est l'ingrédient principal de la mayonnaise Hellmann's, et elle est utilisée pour faire frire les pommes de terre chez McDonald's. Le canola entraîne chaque année des retombées de 15 milliards de dollars dans l'économie canadienne.

HUGHES

Votre Honneur, je souhaiterais faire reconnaître ce témoin en qualité d'expert dans le domaine du canola.

ZAKRESKI, *soupirant*

Je n'ai pas d'objection quant aux compétences du témoin, Votre Honneur.

HUGHES

Merci. Monsieur Downey, avez-vous préparé un rapport en vue de ce procès, et en avez-vous un exemplaire devant vous ?

DOWNEY
En effet, le voici.

Un huissier apporte un rapport volumineux à Downey.

HUGHES
Et pour ce rapport, on vous a demandé de vous pencher sur plusieurs sujets. Pouvons-nous débuter par le premier ?

DOWNEY
Oui. Le premier sujet était : « Quel est l'effet du vent, des déversements, des insectes et d'autres phénomènes dans la migration d'une culture depuis un champ, une route ou ailleurs vers un autre champ ? »

HUGHES
Et votre réponse, brièvement ?

DOWNEY
Ma réponse est : ces phénomènes ont un effet sur la migration d'une culture, mais pas au point d'expliquer la quantité de canola résistant au Roundup trouvée dans les champs de M. Schmeiser en 1997.

L'AUTEURE
Mil neuf cent quatre-vingt-dix-sept, l'an 1.

HUGHES
Et pouvez-vous nous dire, en quelques mots, ce qui vous a mené à cette conclusion ?

DOWNEY

Je vais essayer. *(Il se tourne vers le public avec méfiance.)* Toutes les plantes et tous les animaux ont deux séries de chromosomes, une série héritée de la mère et l'autre…

Downey continue de parler pendant que l'auteure clarifie pour le public.

L'AUTEURE

En gros, Keith Downey a expliqué qu'il avait pris des échantillons de cosses de canola sur la voie publique en bordure des champs de Percy en 1997. Il a ensuite fait pousser la progéniture de ces échantillons jusqu'à maturité et il a arrosé ces plants avec du Roundup pour voir lesquels seraient résistants. Selon les lois de l'hérédité, si les plants de l'échantillon avaient été le résultat d'une migration, c'est-à-dire s'ils avaient été apportés par le vent, alors, à la génération suivante, un maximum de trois plants sur quatre auraient dû résister au Roundup.

DOWNEY, *terminant son explication*

… mais, dans ce cas-ci, tous les plants ont survécu.

HUGHES

Pouvez-vous nous donner votre conclusion sur cette observation scientifique ?

DOWNEY

Eh bien, il existe une preuve solide que les plants trouvés dans le champ numéro 2 en 1997 provenaient d'une variété tolérante au Roundup et n'étaient pas le résultat d'un croisement.

HUGHES

En d'autres mots, il les avait plantés délibérément.

DOWNEY

J'ignore s'il les avait plantés, mais…

Bruit de marteau d'un juge.

JORDAN, *lisant un article de journal*

« Le scientifique le plus respecté au monde en matière de canola a témoigné pour dire que l'histoire de Percy ne tenait pas debout ! » Vous voyez : ce n'est pas juste moi qui le dis. Regardez ce qu'ont dit les médias.

L'AUTEURE, *poursuivant la lecture*

« Keith Downey a expliqué à la cour que si le canola de M. Schmeiser avait été le résultat d'un croisement, la probabilité que les enquêteurs de Monsanto cueillent six plants qui soient tous résistants au Roundup à 95 pour cent était de 1 sur… » Un, zéro, zéro, zéro, zéro…

JORDAN

Beaucoup de zéros !

HUGHES

Pouvez-vous donner un nom à ce nombre, monsieur Downey ?

DOWNEY

Mon Dieu !

HUGHES

Des milliards de milliards, quelque chose comme ça ?

DOWNEY

Eh bien, c'est un, avec 19 zéros ensuite, j'ignore ce que ça donne. Et je considère cela comme hautement improbable.

TECHNICIEN 5

« … a déclaré M. Downey, connu dans certains milieux comme le "père du canola" ! »

SCÈNE 13

CLARK

(Elle soupire.) Quatre-vingt-quinze pour cent, c'est faux ! Si les plants avaient véritablement été contaminés à 95 pour cent, je ne croirais pas Schmeiser.

PROJECTION

Professeure Ann Clark, spécialiste des systèmes de production biologique en pâturage, Université de Guelph (Ontario).

L'AUTEURE, *au public*

Je suis allée consulter la professeure Ann Clark, à l'Université de Guelph, à propos de la validité des preuves scientifiques présentées par Monsanto au procès.

CLARK

C'est un chiffre que Monsanto utilise avec chaque fermier chaque fois qu'ils menacent de poursuivre. La preuve est toujours la même : « résistant à 95 pour cent », « résistant à 95 pour cent ». Mais là, comme Schmeiser n'a pas plié quand ils l'ont menacé de poursuites, là ils ont été obligés de sortir les échantillons du congélateur et de les analyser, parce que, jusqu'à ce moment-là, ils n'avaient pas été forcés de le faire. Un échantillon est allé à Monsanto, l'autre est allé aux analystes de Schmeiser à l'Université du Manitoba : Lyle Friesen et Rene Van Acker.

SCÈNE 14

Rene Van Acker et Lyle Friesen s'entretiennent avec l'auteure à l'Université du Manitoba, à Winnipeg.

FRIESEN
Monsanto dit que les échantillons étaient résistants à 95 pour cent ? Ils ont sûrement pas testé les mêmes plantes que nous !

VAN ACKER
Ouais. Nos résultats étaient vraiment en contradiction avec les leurs…

Ils rient.

L'AUTEURE, *au public*
Lyle Friesen et Rene Van Acker, deux spécialistes des plantes herbacées à l'Université du Manitoba.

VAN ACKER
Mais il faut dire… Le dossier lui-même était pas… Je veux dire… Personnellement… Le dossier était pas très bien préparé d'un point de vue biologique. Euh…

Friesen rit.

L'AUTEURE
Qu'est-ce que vous voulez dire ?

VAN ACKER
Je veux dire, c'était n'importe quoi. Beaucoup de données incomplètes.

L'AUTEURE

Pouvez-vous me donner un exemple ?

FRIESEN

Par exemple, Monsanto, avec leur… leur prélèvement d'échantillons… Je veux dire, quand on veut bâtir une preuve avec ce qui pousse dans un champ… Ils sont allés prélever des échantillons à la mi-août, et qu'est-ce qu'ils ont fait avec ? Ils sont allés les mettre dans des sacs Ziploc !

L'AUTEURE

Ils ne sont pas censés faire ça ?

FRIESEN

Non ! Environ trois quarts des échantillons ont moisi ! On pouvait même pas les faire pousser pour les tester ! Et ceux qu'on a réussi à faire pousser ont donné entre… Certains avaient seulement des traces, d'autres étaient de 40 à 65 pour cent résistants.

VAN ACKER

Et là, Keith Downey et les autres représentants de Monsanto qui se mettent à dire que le canola, c'est pas un agent spontané !

L'AUTEURE

Un agent quoi ?

VAN ACKER

Spontané… envahissant ! Ils disaient que le canola se dissémine pas facilement.

L'AUTEURE

Et ce n'est pas vrai ?

FRIESEN

Ouais.

VAN ACKER

Ces gens-là... Ils savaient pas du tout de quoi ils parlaient !

FRIESEN

Le canola est un agent *extrêmement* envahissant.

VAN ACKER

Le quart de tous les champs du Manitoba sont infestés de canola spontané, peu importe la culture. L'idée que des grains génétiquement modifiés puissent pas se répandre... Je veux dire... Ça se répand très facilement, vous comprenez ?

FRIESEN

C'est à peu près impossible à confiner.

VAN ACKER

Ouais ! Le confinement, c'est la boîte de Pandore !

L'AUTEURE

Avez-vous réussi à faire passer ce message-là en cour ?

Un temps.

VAN ACKER

Non, pas vraiment.

FRIESEN
Non.

L'AUTEURE
Pourquoi pas ?

VAN ACKER
Parce qu'à l'époque on comprenait pas la nature de la cause.

FRIESEN
Non.

VAN ACKER
Faut pas oublier… C'était le premier procès de ce genre-là au Canada.

FRIESEN
Un précédent.

VAN ACKER
Tout le monde inventait à mesure. On a même pas rencontré Zakreski pour parler de l'affaire avant de témoigner.

FRIESEN
Non.

L'AUTEURE
Pourquoi Zakreski vous a choisis, vous ?

Un temps.

VAN ACKER

Ben, je sais pas. C'est arrivé presque par hasard.

PERCY

C'était pas un hasard !

L'auteure interviewe Zakreski.

ZAKRESKI

C'est vrai. Avant qu'on se retrouve avec Friesen et Van Acker comme témoins experts, j'avais trouvé deux scientifiques d'Agriculture Canada. Ils devaient corroborer la théorie de Percy selon laquelle les semences de Monsanto se sont invitées dans ses champs. Ils avaient même écrit un rapport que j'ai envoyé à Monsanto avec mon préavis de témoin expert.

L'AUTEURE

Mais qu'est-ce qui s'est passé avec ces témoins-là ?

ZAKRESKI

Quelques semaines avant le procès, on m'a convoqué dans les bureaux d'Agriculture Canada à l'Université de la Saskatchewan. C'était… comme un interrogatoire ! Le directeur du programme m'a interrogé sur la contribution attendue des scientifiques dans le procès. J'ai essayé d'expliquer à tout le monde que tout ce que je voulais, c'était une opinion qualifiée et honnête, sans qu'elle implique Agriculture Canada. Une semaine plus tard, j'ai reçu une lettre de mes deux témoins indiquant qu'ils étaient maintenant d'accord avec l'opinion de M. Downey, qui, en passant, est lui-même à l'emploi d'Agriculture Canada ! Alors, je ne pouvais plus les utiliser.

L'AUTEURE, *au public*

J'ai fait des recherches sur la possibilité que des agences gouvernementales puissent subir des pressions de Monsanto. J'ai trouvé des dizaines d'articles sur Internet expliquant que des scientifiques de Santé Canada avaient déjà tenté d'empêcher l'approbation de l'hormone de croissance bovine, une hormone génétiquement modifiée créée par…

CLARK

Monsanto.

L'AUTEURE

… Monsanto pour augmenter la production de lait chez les vaches. Une de ces scientifiques, la D^re^ Margaret Haydon, a même affirmé devant un comité sénatorial en 1998 qu'on l'avait exclue d'une étude sur la sécurité de l'hormone de croissance bovine parce qu'elle avait refusé de l'approuver. Elle a aussi déclaré que ses notes et ses dossiers avaient disparu de son classeur, qui était pourtant verrouillé.

CLARK, *lisant un article*

Ici, ça dit qu'elle a eu connaissance du fait que certains de ses collègues de Santé Canada avaient reçu des offres de pots-de-vin de Monsanto.

L'AUTEURE

La D^re^ Haydon et deux autres scientifiques ont été congédiés par Santé Canada, pour insubordination.

SCÈNE 15

JORDAN

No, no, no, no, no. Nos chiffres n'ont pas vraiment été contestés au procès.

L'AUTEURE

Mais les résultats de Lyle Friesen étaient très différents des vôtres…

JORDAN

Well, OK, OK… Lyle Friesen ! *(Elle rit.)* Lyle Friesen a dit que ses tests sur les 27 sacs de Percy donnaient « de 0 à 67 pour cent ». Les sacs que Percy avait conservés dans son sous-sol. Et…

L'AUTEURE

Euh, si on remet en question les échantillons de Percy, on peut aussi remettre en question les vôtres…

JORDAN

Je ne suis pas en train d'insinuer que Percy les a trafiqués, mais… *Right ? Right ? Who knows ?* On ne sait pas. Il n'y a aucun moyen de savoir. On peut juste se fier à ce que Percy a dit. Mais ce qu'on sait – et pour moi, c'est ça, l'élément décisif –, c'est qu'il y a un échantillon qui nous vient de la meunerie Humboldt.

> *Un sac de grains portant l'inscription « Humboldt Flour Mill » tombe du ciel et atterrit à côté de Jordan avec un bruit sourd.*

JORDAN
La meunerie Humboldt. Là où Percy a fait traiter ses grains de 1998 après la moisson.

Morris Hofmann entre.

JORDAN
C'est un échantillon que Monsanto n'a jamais touché et que Percy n'a jamais touché. Il est passé directement de chez Humboldt à Lyle Friesen. Et quand Lyle Friesen a testé cet échantillon-là, il était résistant au Roundup de 95 à 98 pour cent. Les mêmes chiffres que nous.

Une salle d'audience à Saskatoon. Hofmann prête serment comme prochain témoin à la barre.

ZAKRESKI
Monsieur Hofmann, vous rappelez-vous avoir parlé avec M. Schmeiser après qu'on a appris que vous aviez envoyé ces échantillons à Monsanto ?

PROJECTION
Morris Hofmann, gérant adjoint des fournitures agricoles, meunerie Humboldt.

HOFMANN
Il m'a téléphoné un samedi matin.

ZAKRESKI
Et lors de cette conversation, vous a-t-il demandé... ?

PERCY
Comment je peux savoir que ces échantillons proviennent de chez moi ?

ZAKRESKI

Vous a-t-il demandé ça ?

HOFMANN

Je ne comprends pas la question.

ZAKRESKI

Comment M. Schmeiser pouvait savoir si ces échantillons-là provenaient de sa récolte ? Est-ce qu'il vous a demandé ça ?

HOFMANN

Non.

ZAKRESKI

Vous a-t-il dit, à quelque moment que ce soit, qu'il n'avait aucun moyen de savoir si les échantillons venaient de chez lui ?

HOFMANN

Je pense pas que ça a été abordé dans notre conversation. Non.

La scène du tribunal est suspendue un moment, le temps d'une interview avec Percy.

PERCY, *à l'auteure*

Les grains que j'ai apportés chez Humboldt en 1998 pour les faire traiter étaient pleins de glumes. Ils avaient pas été nettoyés. Ceux que Morris Hofmann a envoyés à Lyle Friesen étaient parfaitement propres. Puis qu'est-ce que Morris Hofmann m'a avoué plus tard ? Qu'il était un agent de Monsanto à la meunerie Humboldt. Il m'a dit qu'il avait pris des semences de

Monsanto, en disant que c'était les miennes, puis qu'il les avait envoyées à Winnipeg pour les tests. C'est lui qui est venu me voir. *(Il s'approche de Hofmann.)* Je l'ai croisé chez Humboldt, puis il m'a dit…

Hofmann va pour parler, mais Percy parle pour lui.

PERCY

Il a admis que Monsanto lui payait des voyages, des week-ends, qu'il se faisait payer des dîners bien arrosés par Monsanto. Plus tard il m'a dit exactement où il avait pris les grains. Il est venu me voir, puis, euh… Je vais vous dire ce qu'il m'a dit si vous arrêtez votre enregistreuse. Je vais vous le dire si vous l'arrêtez une minute.

Un temps.

L'AUTEURE, *au public*

J'ai fait semblant d'éteindre mon enregistreuse. Je voulais conserver une trace de ce que Percy allait me dire, pour mon usage personnel – je savais que je ne pourrais pas utiliser l'extrait sur scène. Mais en gros, ce que Percy m'a dit, c'est que Hofmann avait décidé de lui avouer la vérité parce qu'il venait d'apprendre qu'il souffrait d'une maladie incurable. Percy m'a rapporté l'ultime confession de Hofmann avec beaucoup de minutie et de détails. *(Un temps.)* Je n'ai jamais pu corroborer les dires de Percy. Hofmann est décédé en 2002, de mort naturelle.

SCÈNE 16

Une salle d'audience à Saskatoon.

HUGHES

Monsieur Schmeiser, vous avez assisté à toutes les étapes de ce procès, est-ce bien vrai ?

PERCY

Ici ?

HUGHES

Oui, ici.

PERCY

Oui.

HUGHES

Vous avez entendu la preuve fournie par les témoins ?

PERCY

Oui.

HUGHES

Et vous avez présenté des preuves vous aussi, évidemment ?

PERCY

Oui.

HUGHES

Comme vous le faites présentement. Il y a des contradictions entre votre témoignage et celui de plusieurs témoins, nous sommes d'accord à ce sujet ?

PERCY

De plusieurs témoins, oui ; ça pourrait même être plus que ça.

HUGHES

Merci. Il y a des contradictions entre votre témoignage et ce qui s'est passé entre vous et MM. Vancha et Todd dans vos champs en août 1998. Considérez-vous MM. Todd et Vancha comme des menteurs ?

PERCY

C'est vous qui le dites.

HUGHES

Non, je vous pose la question : les traitez-vous de menteurs ?

PERCY

Je pense pas que je traiterais qui que ce soit de menteur.

HUGHES

Vous les appelleriez comment, alors ?

PERCY

Vous savez, je sais vraiment pas quoi répondre à ça.

HUGHES

Il y a des contradictions en ce qui concerne les tests des échantillons prélevés dans vos champs, n'est-ce pas ?

PERCY

Oui.

HUGHES

Insinuez-vous que quelqu'un chez Monsanto a trafiqué les échantillons ?

PERCY

Ce sont vos mots, pas les miens.

HUGHES

Il y a des contradictions entre votre témoignage et la rencontre que vous avez eue avec M. Hofmann ?

PERCY

Des grosses contradictions, oui.

HUGHES

Traitez-vous M. Hofmann de menteur ?

PERCY

Encore une fois, ce sont vos mots.

HUGHES

Croyez-vous que toutes ces personnes ont conspiré contre vous en racontant des mensonges, en trafiquant des échantillons et en essayant de toutes sortes de façons de miner le processus judiciaire simplement dans le but de vous humilier et de vous mettre dans l'embarras ?

Un temps.

PERCY

Excusez-moi, pouvez-vous répéter la question ?

HUGHES, *patiemment*

Croyez-vous que toutes ces personnes, et peut-être d'autres encore, ont menti, trafiqué des échantillons et manipulé les preuves pour vous humilier et vous mettre dans l'embarras ?

PERCY

Je répondrais que c'était leur opinion, et que mon opinion est différente.

Un temps.

HUGHES

Merci, c'étaient mes questions.

SCÈNE 17

PROJECTION
Résistance

L'AUTEURE
Le dictionnaire définit le verbe *résister* comme l'action d'« arrêter le cours de quelque chose », de « s'opposer avec succès » ou d'« empêcher la pénétration ». Pourtant, depuis l'arrivée des vaccins, on sait que la vraie résistance résulte de l'exposition à de petites doses d'infection. Même si Percy devait subir la présence de Monsanto dans ses champs et leur intrusion dans sa vie privée, sa résistance à la compagnie devenait de plus en plus forte à mesure qu'il y était exposé.

Watson et Crick, eux, ont rencontré très peu de résistance quand ils ont fait connaître ce qui allait devenir le dogme central de la biologie moléculaire. Leur fameuse théorie de l'ADN est arrivée pile au bon moment dans le monde occidental des années 1950, en plein capitalisme triomphant, dans une société assoiffée de progrès industriel.

Ils comparaient l'activité à l'intérieur d'une cellule vivante au fonctionnement d'une chaîne de montage. L'ADN était comme le directeur d'une usine, et toutes les protéines de la cellule étaient des ouvriers obéissant au directeur. Et dans cette manière de voir les choses, l'ADN contrôlait tout des traits héréditaires d'un organisme : un bourgeon jaune sur un plan de canola, ou une mèche blonde sur la tête d'un cadre de Monsanto. Donc, si l'ADN détenait un contrôle absolu sur les traits héréditaires d'un organisme, on pouvait modifier les organismes simplement en allant jouer dans leur ADN.

Cette déduction sensationnelle a transformé la biologie en une entreprise populaire et futuriste. Du jour au lendemain, une industrie multimilliardaire est née : l'industrie du génie génétique. Toute résistance était inutile.

ALTOSAAR

Voyez-vous, il y a une différence entre la science et la peur. La peur est une émotion, la science est un processus.

L'AUTEURE, *au public*

Illimar Altosaar, professeur de biochimie, microbiologie et immunologie à l'Université d'Ottawa.

ALTOSAAR

Dans cette affaire, quelqu'un prétend qu'un crime a été commis. Aucun d'entre nous n'était présent. Nous ne savons pas ce qui s'est passé. Des suppositions. Et il faudrait que je devine, ou que j'induise – par induction, voilà le travail d'un scientifique –, quels étaient les motifs du fermier, en me basant sur ce qu'il a fait ?

L'AUTEURE

Qu'est-ce qu'il a fait, au juste ?

ALTOSAAR

Eh bien, Monsanto a rendu visite à M. Schmeiser et a dit : « Écoutez ! Au Canada, la loi dit que cet aspect formidable du gène qui dit que vous pouvez vaporiser tout le plutonium, le *tutonium* et les autres produits chimiques radioactifs que vous voulez sur moi, et je pousserai quand même toute belle avec une grande fleur jaune au printemps… La résistance ! La résistance ! Eh bien, ça nous appartient, peu importe ce que vous pouvez croire ou penser sur la manière dont le produit est arrivé chez vous.

Et apparemment le fermier a simplement, par ses actions ou peu importe, il a dit : « Allez vous faire foutre ! Je me fous de ce que vous dites. Je sais qui vous êtes. Et toutes les Naomi Cheims ou Heims… » Son nom m'échappe… La dame des marques à Toronto…

L'AUTEURE, *au public*

Naomi *Klein* est l'auteure du célèbre essai *No Logo.*

ALTOSAAR

« … ils sont tous d'accord avec moi, ils seront tous de mon côté, alors pourquoi je m'en ferais ? »

L'AUTEURE, *à Altosaar*

J'ai cru comprendre que vos recherches en microbiologie ont été financées en partie par plusieurs grandes entreprises, dont Monsanto.

ALTOSAAR

Et… ? Et alors ? ! Pourquoi méprisez-vous la grande entreprise ? Est-ce que ce serait parce que les espèces de socialistes mous de votre gouvernement fédéral ont embarqué avec les Nations unies et les pays en développement dans cette mode qui dit qu'il faut haïr l'Amérique des grandes entreprises ? Si Petro-Canada est une entreprise au même titre que votre compagnie de théâtre, c'est une bonne entreprise, pourquoi devrait-on… Pourquoi devrait-on vous attaquer ? Quoi ? ! Vous enfermez des gens dans de vieux édifices sales ?

Sans air pendant deux heures ? Ensuite vous marchez sur la scène et vous soulevez la poussière, et l'amiante entre dans leurs poumons ! Comment osez-vous faire ça ? C'est mauvais pour la santé, et je peux vous sortir un millier d'articles pour vous prouver que ce que vous faites est mal. « Attaquons-la ! »

Et ensuite, il y a, disons, le *Macleans* qui arrive, et *L'actualité* et le *New Yorker* et le *Harper's* arrivent et ils vous enterrent. Vous êtes morte. Et vous dites : « Mais comment cela ? Pourquoi ? On ne fait que du théâtre ! »

SCÈNE 18

HUGHES

Votre Honneur, puis-je prendre un moment pour vérifier si mon prochain témoin est arrivé ?

Hughes sort et ramène son témoin-surprise, Wesley Niebrugge. Carlyle Moritz entre.

HUGHES

Il s'agit de M. Wesley Niebrugge.

ZAKRESKI

Votre Honneur, on ne peut pas appeler un témoin à la barre uniquement pour contredire un autre témoin au sujet d'un fait accessoire, ou on n'aura jamais fini.

HUGHES

Ce n'est pas une question accessoire.

ZAKRESKI

Votre Honneur, ils veulent appeler un témoin pour qu'il dise : « Carlyle Moritz, l'employé de Percy Schmeiser, m'a dit quelque chose », ce qui, honnêtement, ne sert à rien. Ce sont des ouï-dire, Votre Honneur, pas des preuves ou des faits.

HUGHES, *désignant Moritz*

Cet homme a fait une partie des andains, une partie de l'arrosage. Il a participé activement à plusieurs des événements qui nous préoccupent. C'était un employé de Schmeiser, son représentant en quelque sorte. *(Il attend la décision du juge.)* Merci, Votre Honneur.

Wesley Niebrugge prête serment.

HUGHES

Monsieur Niebrugge, vous êtes fermier dans la région de Bruno ?

NIEBRUGGE

Exact.

HUGHES

Vous travaillez également pour Imperial Oil ?

NIEBRUGGE

Ouais.

HUGHES

Connaissez-vous Carlyle Moritz ?

NIEBRUGGE

Oui.

HUGHES

Que savez-vous de lui ?

NIEBRUGGE

Ben, il travaille pour M. Schmeiser.

HUGHES

Avez-vous eu l'occasion de discuter avec lui, pendant l'automne et l'hiver 1997, des pratiques agricoles de M. Schmeiser ?

NIEBRUGGE

Oui.

HUGHES

Pouvez-vous dire à la cour en quoi ces discussions consistaient ?

NIEBRUGGE

Ben, en gros, il disait qu'ils étaient en train de semer du canola Roundup Ready.

HUGHES

Autre chose ?

NIEBRUGGE

Puis qu'ils l'avaient arrosé avec du Roundup.

HUGHES

D'accord. Pas d'autres questions.

Zakreski contre-interroge Niebrugge.

ZAKRESKI

Monsieur Niebrugge, faites-vous affaire avec Monsanto ?

NIEBRUGGE

Ben, on vend de leurs produits au garage, oui.

ZAKRESKI

Vendez-vous du Roundup ?

NIEBRUGGE

Oui, on en vend.

ZAKRESKI

Portez-vous des vêtements Monsanto ?

NIEBRUGGE
J'ai une veste Monsanto.

ZAKRESKI
Une veste de cuir ?

NIEBRUGGE
Non.

ZAKRESKI
Est-ce qu'on vous a offert quoi que ce soit en échange des informations que vous avez données ?

NIEBRUGGE
Non.

ZAKRESKI
Avez-vous assisté au Brier cette année ?

JORDAN, *au public*
Le Brier, c'est le tournoi annuel de l'Association canadienne de curling.

NIEBRUGGE
Oui, j'y suis allé.

ZAKRESKI
Qui a payé ?

NIEBRUGGE
Ben, c'est Monsanto…

ZAKRESKI
Étiez-vous assis dans la loge de Monsanto ?

NIEBRUGGE
Oui.

ZAKRESKI
Avez-vous bu de l'alcool ?

NIEBRUGGE
Oui.

ZAKRESKI
Beaucoup d'alcool ? C'était gratuit, n'est-ce-pas ?

NIEBRUGGE
Ouais.

ZAKRESKI
Et quand Carlyle Moritz vous a-t-il supposément dit ces choses ?

NIEBRUGGE
Oh, je me souviens pas de la date exacte. Quelque part entre l'automne 97 puis le printemps 99, avant qu'eux autres viennent me parler.

ZAKRESKI
À un moment donné, à l'intérieur d'une période de dix-huit mois, avant que Monsanto ne vienne vous parler ?

Un temps.

NIEBRUGGE
Ouais.

ZAKRESKI, *regardant Hughes, triomphant*
Je n'ai pas d'autres questions.

SCÈNE 19

L'auteure interviewe Percy.

PERCY

Le procès a fini le 22 juin. Le juge MacKay a dit qu'il rendrait son verdict avant la première semaine du mois d'août. La première semaine d'août a passé… Pas de nouvelles. Septembre, octobre, novembre… Rien. Juste avant Noël, on a reçu un avis de la cour fédérale qui disait qu'il rendrait son jugement avant le 1er février. Le 1er février arrive… Pas de verdict. Une autre semaine passe, une autre semaine, une autre… Je pense qu'il l'a reporté cinq fois. J'ai eu un appel d'une journaliste de la CBC qui voulait des nouvelles. Elle m'a dit : « Percy, avec qui tu penses que ton juge joue au golf, aujourd'hui ? »

On entend le bruit d'une balle de golf qui tombe dans un trou.

L'AUTEURE, *au public*

Vingt-neuf mars 2001. Le juge Andrew MacKay de la cour fédérale déclare Percy Schmeiser coupable de violation de brevet.

Bruit de marteau d'un juge. Noir.

ACTE DEUX

SCÈNE 1

PROJECTION

La vie, 2e partie.

L'AUTEURE, *au public*

Donc. J'ai commencé à m'intéresser aux parallèles que je pouvais faire entre mon travail en théâtre documentaire et celui des compagnies biotechnologiques qui fabriquent des semences OGM.

D'abord, on est tous les deux dans le business de… la vie. On utilise la vie comme matériau brut et on la modifie pour en faire autre chose, qu'on considère comme notre propre invention. On souhaite tous les deux « améliorer le monde », Monsanto en nourrissant un monde affamé et en croissance, moi en racontant des histoires dans lesquelles une multitude de voix reflètent ce que je crois être important dans le monde. Mais on est tous les deux susceptibles de subir des influences extérieures.

L'auteure subit une échographie.

TECHNICIENNE EN ÉCHOGRAPHIE

Vous voulez vraiment savoir ?

L'auteure hoche la tête.

TECHNICIENNE EN ÉCHOGRAPHIE

Vous allez avoir une autre fille.

La technicienne sort.

L'auteure interviewe Percy. Louise apporte de la soupe.

LOUISE

Ça devrait vous faire du bien, ça.

PERCY

Ooh… La chaudrée de maïs de Louise. Ça va tout arranger.

LOUISE

Attention, c'est encore chaud.

L'AUTEURE

C'est parfait. Merci.

LOUISE

J'en fais pour mes petits-enfants quand ils sont malades.

PERCY

Je me souviens pas quand j'ai eu mon dernier rhume. Ça doit faire des années. Ha !

LOUISE

Y en a encore. Vous avez qu'à demander.

Louise sort. Un silence, tandis que l'auteure mange sa soupe.

L'AUTEURE

Percy, je veux vous remercier pour tout le temps que vous m'avez accordé depuis deux semaines. Je ne peux pas croire que je rentre à Montréal demain…

PERCY

Le temps passe vite quand on est occupé, hein ?

L'AUTEURE

Ouais, exactement. Donc... J'aurais juste quelques dernières questions aujourd'hui, peut-être un peu plus philosophiques...

PERCY

Je suis pas un grand philosophe...

L'AUTEURE

Vous pouvez juste me dire ce qui vous passe par la tête, instinctivement...

PERCY

OK, allez-y !

L'AUTEURE

OK... OK... Euh... Qu'est-ce que vous aimez le plus dans le métier de fermier ?

PERCY

Ben... J'ai toujours aimé ça. Ça me relaxe. Ça me donne le temps de réfléchir, quand je suis dans le champ sur mon tracteur. La proximité avec, euh... la nature. On a des oies, dans le coin... des canards... Puis notre... notre... Puis des renards, puis des coyotes, puis souvent les animaux comme les coyotes et les renards nous suivent toute la journée pendant qu'on travaille... Juste à côté de moi, de même, toute la journée. Des fois, je travaille de nuit. Je travaille toute la nuit juste pour regarder les étoiles. Puis voir la nouvelle vie, la croissance de la vie. Semer des graines, voir les plants sortir de la terre, voir comment ils grandissent, comment ils deviennent, euh… En trois mois ou cent jours, comment une semence se transforme en une plante qui produit d'autres semences puis une nouvelle vie. C'est ça qu'on voit tous les jours, ici. Ça fait que quand on voit ça… *(Un temps.)* Je pense qu'une fois qu'on vit ça, euh… ça nous quitte jamais.

SCÈNE 2

PROJECTION
Germination

Percy donne une conférence de presse après le verdict du juge MacKay.

PERCY, *avec émotion*
J'ai perdu cinquante ans de travail parce que les semences génétiquement modifiées de la compagnie Monsanto se sont propagées dans mon champ de canola.

JORDAN
« Monsanto croit que cette décision est une bonne nouvelle pour tous les Canadiens, qui tous bénéficieront du travail novateur qui se fait dans ce pays pour produire des aliments plus nutritifs et plus abondants. »

PROJECTION
Communiqué de presse de Monsanto, mars 2001.

PERCY
Tout ce en quoi je croyais dans mon travail, je l'ai perdu. J'ai perdu ma propriété. Puis on m'a poursuivi en plus de ça. Ça va prendre la totalité de mon fonds de retraite puis celui de ma femme pour payer les frais de cour.

JORDAN
« Mais, plus important encore, les trente mille fermiers canadiens qui ont signé un accord avec Monsanto

peuvent maintenant dormir tranquilles, en sachant que leur engagement à jouer selon les règles sera protégé. Ce verdict rend le terrain de jeu équitable pour tous. »

L'auteure interviewe Nadège.

NADÈGE

Ben… Au moment où, euh… Au même moment où, euh, Percy a reçu son premier, euh, vous savez, son premier verdict négatif en cour, nous, le Conseil des Canadiens, on a fait un genre de déclaration, euh, à la presse, pour soutenir Percy. Puis je devrais pas dire qu'on a subi un énorme contrecoup, mais j'avais jamais… Je n'avais jamais eu des appels de membres, euh, qui appelaient pour se plaindre d'une position du Conseil des Canadiens. Mais vous comprenez, la campagne de salissage de Monsanto a été tellement efficace. Monsanto n'a pas cessé de répéter que Percy avait volé leurs grains, mais les allégations n'ont jamais été prouvées en cour. Ils ont quand même réussi à convaincre le juge que Percy avait violé leur brevet, mais ils n'ont jamais réussi à prouver qu'il avait obtenu les grains illégalement. Ça, ça n'a jamais été rapporté dans les médias. Alors l'accusation est restée dans la tête des gens.

L'AUTEURE

Et j'imagine que vous devez tenir compte de l'opinion de vos membres.

NADÈGE

Ben… ouais. On existe à cause de nos membres. On n'a pas le choix. En plus, il faut regarder l'ensemble du tableau, la cause anti-OGM. Vous comprenez que de lier toute une cause au sort d'un seul individu, c'était très risqué. Donc, je n'en suis pas fière, mais au début c'est une des raisons pour lesquelles on a un peu… Vous comprenez… On appuyait Percy, mais on a un peu gardé nos distances par rapport au procès.

L'auteure interviewe sœur Catherine Fairbairn.

SŒUR CATHERINE

Quand il a perdu le procès… Je regardais la télévision à Ottawa quand il est sorti du tribunal après le verdict. J'ai cru qu'il allait se mettre à sangloter ! J'ai eu très pitié de lui. Il était tout seul devant la caméra, en sortant du tribunal, son avocat n'était même pas là. C'était… Personne n'était là pour lui !

L'AUTEURE, *au public*

Sœur Catherine Fairbairn.

SŒUR CATHERINE

Il avait envoyé sa femme, Louise, en Californie avec une de leurs filles parce qu'apparemment elle avait trouvé toute cette histoire très éprouvante. Et après le jugement, il est rentré chez lui, et personne ne l'attendait à la maison.

Le téléphone sonne chez Percy.

SŒUR CATHERINE

Mais ensuite, le téléphone a sonné.

Percy laisse sonner quelques coups avant de répondre.

SŒUR CATHERINE

Et il a répondu !

PERCY

Allô ?

SŒUR CATHERINE

Et c'était moi !

L'AUTEURE, *au public*

Sœur Catherine Fairbairn est membre de la congrégation des Sœurs grises de l'Immaculée-Conception à Ottawa.

SŒUR CATHERINE

C'était moi qui appelais !

PERCY

Oui ?

SŒUR CATHERINE

C'était moi ! Et j'ai dit : « Percy ! Ce n'est pas la fin, ce n'est qu'un début ! » Et il a répondu…

PERCY

J'oublierai jamais ça.

SŒUR CATHERINE

Et il a répondu : « J'oublierai jamais ça. »

SCÈNE 3

SŒUR CATHERINE

Les Sœurs grises ont été parmi les premières à s'engager et… l'un des premiers groupes à vraiment soutenir Percy.

L'AUTEURE

Comment vous en êtes venue à vous intéresser à lui ?

SŒUR CATHERINE

Je ne sais pas comment je me suis intéressée à lui. Je lis beaucoup et, dans un journal, j'ai lu un article sur ce Percy Schmeiser, et j'ai fait un peu de recherche et… Et j'ai appris… « Mon Dieu, ce sont des gens du troisième âge ! » Et alors j'ai… J'ai écrit un article sur eux.

L'AUTEURE, *au public*

Extrait du *Social Justice Network*, l'infolettre de sœur Catherine.

SŒUR CATHERINE

« Une version moderne de David contre Goliath. Percy est âgé de soixante-dix ans et vit sur sa petite ferme avec son épouse, Louise. »

L'AUTEURE

Euh… La ferme de Percy est tout sauf petite. Elle contient plus de quatre cents hectares.

SŒUR CATHERINE

« Après avoir eu vent de leur conflit avec Monsanto, j'ai appelé Percy et je lui ai envoyé une petite contribution.

En lui parlant, j'ai compris que j'avais affaire à un homme de vérité et de courage, un homme qui refuse de plier sous le harcèlement et les accusations d'une grande société multinationale, un David des temps modernes armé de foi et de vérité qui s'avance pour entreprendre un combat impossible contre Goliath ! »

Des techniciens applaudissent, suggérant une forte réaction des lecteurs de sœur Catherine.

SŒUR CATHERINE

Je n'ai jamais reçu un tel accueil pour un de mes articles. Et donc… Alors j'ai décidé qu'il fallait parler davantage de Percy, parce que la solution passe par les médias ! Alors, après qu'il a perdu ce premier procès, j'ai décidé d'écrire au *Toronto Star.* *(Elle lit sa lettre.)* « À M. John Honderich, éditeur, *The Toronto Star.* »

John Honderich entre.

SŒUR CATHERINE

« Cher Monsieur Honderich, je mène une croisade pour aider un petit fermier et son épouse dans leur quête de justice… »

HONDERICH

« Chère sœur Catherine, je veux vous remercier pour cette idée d'article. Je l'ai fait suivre à Mary-Deanne Shears, de l'équipe éditoriale, pour qu'elle l'étudie. »

Mary-Deanne Shears entre et prend la lettre des mains de John Honderich.

HONDERICH

« Je pense qu'il y a là une histoire qui mérite d'être rapportée. Bien sincèrement, John A. Honderich, éditeur du *Toronto Star.* »

SŒUR CATHERINE, *réjouie*

Le *Toronto Star* !

SHEARS

« L'une des merveilles de la nature est son habileté à se propager. »

L'AUTEURE, *au public*

Éditorial du *Toronto Star*, 1er avril 2001.

SHEARS

« Une toute petite graine, emportée par un coup de vent ou un oiseau ou une bête, peut faire migrer la progéniture d'une plante très loin de son point d'origine. »

SŒUR CATHERINE

« Chère Mary-Deanne Shears ! »

SHEARS

« Mais une décision regrettable d'un juge de la cour fédérale menace de retourner cette merveille contre les agriculteurs. »

SŒUR CATHERINE

« Merci pour votre excellent éditorial ! Je suis une fervente admiratrice du *Toronto Star.* »

SHEARS
« M. Schmeiser ne souhaitait pas avoir de plantes génétiquement modifiées dans son champ. Elles se sont pointées chez lui sans invitation. »

SŒUR CATHERINE
« J'adore la page éditoriale, avec ses analyses *pénétrantes*, et vos journalistes *hors pair* qui vont au cœur des choses. »

SHEARS
« Personne ne peut contrôler le flux des gènes présents dans la nature. »

SŒUR CATHERINE
« Que Dieu vous bénisse ! Votre article a mis du soleil dans ma journée. »

SHEARS
« Nous espérons que M. Schmeiser en appellera de cette décision et qu'il pourra trouver l'aide financière dont il a besoin pour continuer son combat contre Monsanto. »

SŒUR CATHERINE
« Avec toute ma reconnaissance, sœur Catherine Fairbairn, les Sœurs grises de l'Immaculée-Conception. » *(Elle commence aussitôt une autre lettre au chef d'antenne du journal télévisé de CBC.)* « Cher Peter Mansbridge ! »

SCÈNE 4

Un auditorium à Delhi, en Inde. Vandana Shiva, debout sur un podium, s'exclame au micro.

SHIVA, *avec un fort accent indo-britannique*

Les aliments génétiquement modifiés ne sont pas équivalents aux aliments non génétiquement modifiés !

PROJECTION

Vandana Shiva, directrice de la Fondation pour la recherche en science, technologie et écologie de Delhi (Inde).

SHIVA

On a découvert, grâce aux travaux du professeur Arpad Putzai *[prononciation: Pouch-taï]*, de l'Institut Rowett en Grande-Bretagne, que les OGM ont un impact négatif sur le système immunitaire des rats, et pourtant toute la réglementation dans le monde est basée sur la présomption d'une « équivalence substantielle ». En fait, nous n'avons aucun système établi pour observer les effets particuliers des aliments génétiquement modifiés, parce qu'on présume qu'ils sont pareils aux autres, et par conséquent on ne voit pas les différences. On ne cherche pas les différences, alors on dit qu'on n'a rien trouvé de différent. C'est la stratégie des yeux fermés, avec pour résultat que de vastes territoires ont été envahis par des cultures génétiquement modifiées. Et les gens, généralement sans le savoir, les ont consommées !

SŒUR CATHERINE

« Cher Monsieur Mansbridge, je vous écris pour vous exhorter à faire un reportage à votre émission *The National* pour raconter aux Canadiens l'histoire de Percy Schmeiser. »

SHIVA

Nous avons l'honneur aujourd'hui de remettre le prix Navdanya à une personne qui, depuis deux ans, a dû affronter un régime de propriété intellectuelle oppressif, à cause d'une histoire de semences. Je voudrais inviter l'un de nos fermiers biologiques les plus éminents à remettre le prix Navdanya pour la défense de la souveraineté sur les semences à Percy Schmeiser, du Canada.

Tandis qu'elle parle, un vieil Indien vêtu d'un dhoti traverse lentement la scène pour remettre à Percy son prix, une statuette de Gandhi.

SŒUR CATHERINE

« À Monsieur Bob Cox, éditeur national, *The Globe and Mail*. Percy Schmeiser est un héros du peuple ! Il s'est rendu en Inde récemment où il a reçu le prix de… »

Le vieux fermier indien atteint enfin Percy et lui remet son trophée.

VIEUX FERMIER INDIEN

Le prix Navdanya.

PERCY

Merci infiniment. Je suis très profondément ému de recevoir un honneur comme celui-là. *(Un temps.)*

Aujourd'hui, j'ai assisté à une cérémonie pour commémorer le 133e anniversaire du Mahatma Gandhi. C'était un moment très émouvant, parce que j'ai vu à quel point il s'est battu contre l'oppression du peuple indien. Aujourd'hui, les fermiers du monde entier subissent eux aussi l'oppression, à cause du contrôle de l'approvisionnement en semences par les multinationales. Il faut nous battre, et nous battre très fort, pour conserver les semences de la nourriture que l'on mange, qui sont les semences de la vie. Je voudrais dire au peuple indien : si vous ne résistez pas, vous serez sous la domination des multinationales. Merci beaucoup.

> *Applaudissements. Percy pose pour les caméras avec sa statuette de Gandhi. Zita Maier, reporter pour le* Prairie Messenger, *en Saskatchewan, découvre la photo de Percy et publie la nouvelle.*

MAIER

« Le long combat de Percy Schmeiser pour que les agriculteurs puissent utiliser leurs semences comme ils l'entendent lui a aussi valu une surprise… »

L'AUTEURE, *au public*

Zita Maier, reporter au *Prairie Messenger*, en Saskatchewan.

MAIER

« … le prix Mahatma-Gandhi, en Inde. »

PERCY, *s'adressant aux journalistes, à Delhi*

Le prix Mahatma-Gandhi.

MAIER

« Ce prix est remis par la famille Gandhi à une personne qui a contribué à l'avancement de l'humanité. »

L'AUTEURE, *au public*

Euh… Le prix n'a pas été remis à Percy par la famille Gandhi, et il ne s'appelle pas le prix Mahatma-Gandhi. C'est une statuette à l'effigie de Gandhi qui porte le nom de « prix Navdanya ».

PERCY

Donner la vie, c'est une chose sacrée. Ils jouent avec quelque chose que Dieu a créé !

MAIER

« Schmeiser a été honoré de recevoir le prix Mahatma-Gandhi, mais sa journée fut aussi très chargée en émotions, a-t-il indiqué, parce que c'était son 48e anniversaire de mariage, et que c'était la première fois qu'il ne fêtait pas cet anniversaire au côté de sa femme, Louise. »

Louise regarde à la télévision le reportage sur Percy en Inde.

SCÈNE 5

L'auteure travaille assise dans sa cuisine à Montréal. Il est tard. Elle commence à rassembler ses entrevues pour en faire une pièce de théâtre. Son mari entre avec une boîte de minicassettes d'enregistreuse.

LE MARI

Regarde ce que j'ai trouvé.

Il dépose la boîte sur la table.

L'AUTEURE

Oh mon Dieu, où c'était ?

LE MARI

Dans le panier à linge sale, chambre de la petite.

L'AUTEURE

Fuck, je suis vraiment en train de perdre la carte… Oh, merci, mon Dieu ! La voilà, la dernière entrevue avec Percy !

LE MARI

Il y a pas de quoi.

L'AUTEURE

Je t'aime.

LE MARI, *ouvrant le frigo*

Ta fille veut que tu lui dises bonne nuit.

L'AUTEURE

Elle dort pas ?

LE MARI

Elle chigne encore d'épuisement.

L'AUTEURE

Laisse-la. Il faut qu'elle apprenne à s'endormir toute seule. Faut vraiment que je finisse cette partie.

LE MARI

Comment ça avance ?

L'AUTEURE

Ah… Je suis bloquée. J'ai un personnage, tu sais… Vandana Shiva… qui dit que les aliments OGM sont potentiellement dangereux pour la santé des humains, mais je ne trouve pas de sources… Aucune recherche scientifique pour soutenir ça. Tous les sites web anti-OGM, c'est le genre hippie, artisanal, pas de financement… Donc, je sais pas quoi faire. Est-ce que je devrais garder son discours dans la pièce sans corroborer ce qu'elle dit ?

SHIVA

Les aliments génétiquement modifiés ne sont pas équivalents aux aliments non génétiquement modifiés !

L'AUTEURE

Il va peut-être falloir que je retourne faire une entrevue avec Ann Clark, à Guelph.

LE MARI

Tu vas repartir ? Quand ?

L'AUTEURE

Je sais pas, peut-être jeudi ?

LE MARI

J'ai une deuxième audition pour la pub de Petro-Canada, jeudi.

L'AUTEURE

Ma mère pourrait peut-être venir…

LE MARI

Il reste de la bière ?

L'AUTEURE

En bas, derrière le jus de carotte. Tu me passes le yogourt ?

LE MARI

On l'a fini ce midi. J'en rachèterai demain.

L'AUTEURE

J'avais vraiment le goût de manger du yogourt.

LE MARI

Puis moi, j'ai vraiment le goût de boire de la bière. *(Il débouche une bouteille.)*

L'AUTEURE

Ça doit être bien, de pouvoir prendre un verre chaque fois que ça nous tente.

LE MARI

Oh, *come on* ! Il fait moins vingt, dehors.

L'AUTEURE

Oh ! Elle donne des coups. Tu veux sentir ?

Le mari touche le ventre de sa femme et réagit.

L'AUTEURE

Je pense qu'elle veut du yogourt avec du miel, elle aussi.

Le mari dépose sa bière et s'apprête à sortir acheter le yogourt.

L'AUTEURE

Je t'aime.

LE MARI

Ouais, ouais…

L'AUTEURE

Peux-tu prendre du nature biologique ?

LE MARI

Je ne payerai pas vingt-cinq dollars pour un pot de yogourt.

L'AUTEURE

Ça vaut la peine.

LE MARI

Va voir ta fille, elle pleure après toi.

Il sort.

SCÈNE 6

L'auteure interviewe Ann Clark.

CLARK

Je suis prête à me faire crucifier, sur cette question-là. J'ai cinquante-deux ans et je suis seulement professeure adjointe. Je ne suis pas une sommité de la recherche. Je ne suis pas en génétique moléculaire. Mais j'ai une jeune famille, et je suis déterminée à ne pas faire d'erreur dans ce que je donne à manger à mon fils. En tant que mère, je prends ça très à cœur.

L'AUTEURE

Donc, vous pensez qu'il y a des failles scientifiques fondamentales dans les OGM… du point de vue de la santé ?

CLARK

Je ne sais pas. Mais c'est clair qu'on pousse une technologie *bien* avant que la recherche scientifique soit terminée.

L'AUTEURE

Comment ça ?

CLARK

Ben, l'idée derrière le génie génétique, c'est qu'on peut choisir un gène en particulier et l'insérer dans une nouvelle matrice, et que ce gène inséré va se comporter de façon prévisible. Il va transmettre un trait, comme la tolérance à un herbicide, d'une espèce à une autre. Et il va pouvoir le faire de façon précise.

SHIVA

Mais ce n'est *pas* précis !

CLARK

Mais il se trouve que ce n'est pas précis. La modification génétique, c'est sublime tant qu'on se contente d'extraire un gène. Mais ensuite, quand on l'insère dans une autre matrice, ça devient très aléatoire.

ALTOSAAR

Et Ann Clark sait tout ça parce qu'elle étudie les systèmes de production en pâturage ?

CLARK

Ils n'ont pas de contrôle sur l'endroit où le gène va aller se placer dans la nouvelle matrice. Ils ne savent pas à quel chromosome il va s'accrocher. Ils ne savent pas où, sur le chromosome, il va se poser.

SHIVA

Et ils ne savent pas comment ça va affecter d'autres organismes vivants.

CLARK

Ce qui ne me faisait ni chaud ni froid jusqu'à ce que je me mette à lire davantage. Et j'ai découvert que le lieu où le gène se pose compte, parce que le lieu où le gène se pose influence l'expression des autres gènes, des gènes qui n'ont rien à voir avec le trait en question.

L'AUTEURE

Mais est-ce qu'il y a des preuves concluantes que le processus de modification génétique peut être dangereux pour la santé des humains ?

CLARK

Ben, en général, la science a du retard.

SHIVA

Les preuves n'existent pas parce que les recherches sont sous-financées.

ALTOSAAR

Les recherches sont sous-financées parce que c'est du n'importe quoi !

CLARK

Mais il y a des travaux qui commencent à faire leur chemin dans la littérature scientifique, au sujet des conséquences imprévues de la technologie OGM.

L'AUTEURE

Qu'est-ce que vous entendez par « conséquences imprévues » ?

CLARK

Pour être honnête, je n'en connais pas assez pour être vraiment capable de vous l'expliquer.

ALTOSAAR

Ça, c'est l'euphémisme du siècle.

L'AUTEURE

Vous connaissez quelqu'un qui pourrait me l'expliquer ?

ALTOSAAR

Venez dans mon labo, parlez à mes étudiants.

SHIVA

Elle devrait aller voir le professeur Barry Commoner aux États-Unis.

CLARK

Ben, vous pourriez aller voir le professeur Barry Commoner aux États-Unis.

L'AUTEURE

Qui ?

CLARK

Barry Commoner. C'est un écologiste de la vieille école, au Queens College de New York.

ALTOSAAR

Vieille étant le mot-clé.

CLARK

Il remet en question la théorie de Watson et Crick depuis longtemps. Sa théorie à lui dit que le gène, c'est seulement la moitié de l'histoire, dans une cellule. Tenez, lisez ça. *(Elle lui tend l'article de Barry Commoner paru en 2002, « Unraveling the DNA Myth ».)* Vous allez halluciner.

L'AUTEURE, *lisant*

« Dans une plante génétiquement modifiée, l'interdépendance harmonieuse entre le gène étranger et le système de protéines présent dans la nouvelle matrice risque d'être rompue de façon imprévisible. L'agriculture OGM constitue une expérience non contrôlée à l'échelle planétaire dont l'issue est par nature imprévisible. Les résultats pourraient se révéler catastrophiques. »

Elle écrit un courriel à Barry Commoner.

L'AUTEURE

« Cher professeur Commoner, j'aurais quelques questions à vous poser au sujet des modifications génétiques, et j'aimerais vous les poser en personne. Serait-il possible de nous rencontrer à New York le plus tôt possible ? »

SCÈNE 7

L'auteure interviewe Trish Jordan.

JORDAN

Excuse me, mais pour la plupart des consommateurs, si on leur demande: « Quel est votre souci numéro un en matière de sécurité sanitaire des aliments ? » *Spontanément ?* Les biotechnologies apparaissent seulement en neuvième ou dixième position.

L'AUTEURE

Mais vous n'avez pas averti le public, quand vous avez introduit les produits OGM. Même aujourd'hui, on n'a pas le droit d'étiqueter les produits OGM.

JORDAN

L'étiquetage, c'est pas le problème de Monsanto.

L'AUTEURE

Les gens ne savent même pas qu'ils en consomment. Pourquoi vous ne leur avez pas demandé leur avis ?

JORDAN

Pourquoi on ferait ça ? On ne pensait même pas que ce serait un problème !

L'AUTEURE

Mais pourquoi pas ? Pourquoi vous présumez ça ?

JORDAN

Parce que les aliments OGM sont *essentiellement équivalents* aux aliments non OGM !

SHIVA

Non, c'est faux, c'est un mensonge que l'industrie et les gouvernements tentent de nous faire avaler !

JORDAN

Non, *I'm sorry*... On ne peut pas être approuvé au Canada si on ne peut pas prouver que c'est essentiellement équivalent.

CLARK

Mais notre processus d'approbation est seulement ça : un processus d'approbation ! C'est un processus pour faciliter l'entrée sur le marché.

ALTOSAAR

OK, vous avez une fille, c'est ça ? Alors, disons que votre fille est malade. « Faites quelque chose, docteur ! Je vous en prie, docteur, faites ce que vous pouvez pour sauver ma fille ! »

SHIVA

L'industrie biotechnologique dit que ces produits sont « exactement tels que la nature les a faits »...

ALTOSAAR

« Eh bien, on peut lui donner quelque chose qui contient de l'ADN recombiné, mais on ne connaît pas les effets à long terme. »

SHIVA

... mais lorsque vient le temps de revendiquer des droits de propriété, ils disent : « C'est nous qui l'avons inventé. »

ALTOSAAR

« Je m'en fous complètement ! Sauvez ma fille ! »

SHIVA

C'est ce que j'appellerais de la schizophrénie ontologique.

ALTOSAAR

Mais maintenant, vous vous inquiétez parce que votre fille consomme de l'huile de canola génétiquement modifiée ?

JORDAN

Listen. Just listen. Quand Monsanto a mis au point ses produits, c'était une compagnie remplie de scientifiques brillants. Et leurs clients, c'étaient des fermiers !

L'AUTEURE

Mais est-ce que Monsanto a pris le temps de leur expliquer les bases scientifiques de la modification génétique, à ces fermiers ?

JORDAN

Évidemment, qu'on l'a fait.

CLARK

Non ! Ils ne l'ont pas fait !

L'AUTEURE

Les fermiers comprenaient le concept de transfert des gènes entre les espèces ?

JORDAN

Ben, ce sont des fermiers, pas des scientifiques !

SHIVA
Sauf que maintenant, si les fermiers ne comprennent pas la génétique, ils seront poursuivis en justice !

ALTOSAAR
Voyons donc !

JORDAN
Ils savent que s'ils épandent du Roundup dans leurs champs, leurs cultures ne mourront pas.

NADÈGE
Oh, Monsanto va dire qu'ils ont fait ça pour aider les fermiers…

JORDAN
Et le fermier regarde ça et il se dit : « *Holy cow !* C'est fantastique ! »

NADÈGE
Les fermiers à qui j'ai parlé étaient très clairs : ils n'en veulent pas.

JORDAN
Mais bon, ça, c'est ma perception.

L'AUTEURE
Mais si le fermier ignore que le fondement scientifique du produit n'est pas sécuritaire à 100 pour cent ?

JORDAN
Mais la science, ce n'est jamais sécuritaire à 100 pour cent !

CLARK

Je m'excuse, mais en Europe, la technologie OGM a été bannie jusqu'à ce que des études plus poussées soient faites.

ALTOSAAR

Je m'excuse, mais en Europe, ils achètent de l'insuline génétiquement modifiée et ils se l'injectent dans les veines tous les jours.

CLARK

Mais je suis sûre qu'ils l'ont testée.

ALTOSAAR

Et c'est du *cochon* ! L'insuline, c'est un gène du *cochon* inséré dans de la levure !

JORDAN

On peut pas avoir un test qui soit parfait à 100 pour cent !

CLARK

Je ne dis pas à 100 pour cent…

NADÈGE

Il fut un temps où la recherche scientifique devait servir le bien public.

SHIVA

Oui ! Voilà !

NADÈGE

Maintenant, les savants dans les laboratoires s'intéressent davantage à leur marge de profit.

ALTOSAAR

Ah, mais ensuite, vous allez acheter vos fèves de soya et vous dites : « Oh, mon Dieu ! Il y a un gène dedans ! » *(Il bêle comme une chèvre.)* « C'est *mauvai-ai-ai-ais* ! »

NADÈGE

Regardez la feuille de route de la compagnie : c'est Monsanto !

ALTOSAAR

« C'est *mauvai-ai-ai-ais* ! »

NADÈGE

C'est eux qui nous ont donné…

SHIVA ET NADÈGE

L'agent orange !

ALTOSAAR

Est-ce que ça court, est-ce que ça vole ?

SHIVA ET NADÈGE

L'hormone de croissance bovine !

ALTOSAAR

Qui est *propriétaire* ?

NADÈGE

Chaque fois qu'ils sortent un nouveau produit, ils laissent une traînée de morts derrière eux !

ALTOSAAR

Un *brevet* ! ? *(Il feint l'horreur.)* Aaaah !

JORDAN

Si on attend d'avoir tout testé à 100 pour cent, si on attend, on n'aura jamais rien !

SHIVA

Voulez-vous vraiment que *cette* compagnie possède les semences de la vie ?

JORDAN

On n'aurait rien. On n'aurait pas de micro-ondes, pas d'autos ! *(Un temps.) The point is...* De quoi on parle, là ? C'est même pas sur ça que la cause portait !

Tout le monde sort, sauf l'auteure et Trish Jordan.

JORDAN

M. Schmeiser a raconté sa petite histoire au procès, et toutes les excuses du monde sont sorties depuis. « Oh, ça concerne pas juste moi, c'est une histoire de semences conservées, et d'OGM, et de brevets, et de... à qui appartient la vie. » *I mean*, ça n'a rien à voir avec la cause ! Il s'est fait prendre la main dans le sac, et aujourd'hui il a des centaines de milliers de militants qui le soutiennent dans le monde entier, je veux dire, *he's having a great time* ! C'est une grosse vedette ! Tant mieux pour lui !

Un temps.

L'AUTEURE

Ça doit vous énerver un peu.

JORDAN

Well, non, ça ne m'énerve pas… Je ne suis pas *énervée*. Je suis juste… Je suis surprise de voir qu'il a trompé autant de gens.

L'AUTEURE

Vous dites qu'il s'est fait prendre la main dans le sac, mais en fait vous n'avez pas de preuve qu'il a volé vos grains.

JORDAN

Look. On continue de croire que M. Schmeiser a obtenu les grains de manière inappropriée.

L'AUTEURE

De qui ?

JORDAN

De quelqu'un… D'un autre cultivateur sous contrat d'utilisation.

L'AUTEURE

Pourquoi vous n'avez pas fait témoigner cette personne-là en cour ?

JORDAN

Euh, parce que, premièrement, c'est illégal, ce que cette personne-là a fait, donc elle se serait incriminée, d'accord ? Puis deuxièmement, OK ?… *(Un temps.)* *Listen*, j'ai une maîtrise en communication, et avant ça j'ai fait une mineure en journalisme. Quand j'étudiais… Et je suis vieille… Donc, quand je me souviens de, vous savez, de… de… de l'idée qu'on se faisait du combat pour la recherche de la vérité... Il n'y a eu aucun journalisme d'enquête sur le sujet, aucun. Et je sais pourquoi les médias ne se sont pas penchés sur l'histoire de Percy plus que ça, *you know,* pour lui poser des questions, pour lui demander de prouver ses allégations. C'est parce qu'ils veulent vendre de la copie.

L'AUTEURE
Moi, je n'essaie pas de vendre quoi que ce soit.

JORDAN
Well, je pense que vous avez encore du travail à faire, alors.

Jordan sort.

L'AUTEURE
Trish Jordan n'avait pas répondu à la plupart de mes questions sur le fondement scientifique des aliments OGM, mais elle avait raison sur un point. Je n'avais parlé à personne dans le milieu agricole de la Saskatchewan, sauf à Percy.

Bruit d'un avion qui passe.

SCÈNE 8

L'auteure interviewe Jeff Hoiness à Saskatoon.

HOINESS

Disons ça comme ça: 99 pour cent du canola qui pousse en Saskatchewan, c'est du canola génétiquement modifié. Ça fait que... je dirais qu'on a voté, avec notre portefeuille.

PROJECTION

Jeff Hoiness, fermier, représentant de l'Association des cultivateurs de canola du Canada.

L'AUTEURE

Vous souvenez-vous de la façon dont le canola OGM vous a été présenté par des compagnies comme Monsanto, en 1996?

HOINESS

Me souviens pas. Je pense que ça m'a été présenté davantage comme un système pour contrôler les mauvaises herbes.

L'AUTEURE

Est-ce qu'on vous a dit que les grains étaient génétiquement modifiés?

HOINESS

M'en souviens pas. Mais dans ce temps-là, il y avait pas toute la... tout le battage qu'il y a aujourd'hui.

L'AUTEURE

Mais ce n'est pas important, pour vous, que les grains soient génétiquement modifiés ?

HOINESS

Pas vraiment. Je veux dire, je fais confiance à la réglementation. On pourrait pas l'utiliser s'ils étaient pas sûrs que c'est sécuritaire.

L'AUTEURE

OK, alors si c'était si sécuritaire pour le gouvernement, pourquoi il n'a pas avisé le public, selon vous ?

HOINESS

Je sais pas… Faudrait demander ça au gouvernement canadien.

L'AUTEURE

Donc, le fait que Percy ait attiré l'attention du public sur les cultures génétiquement modifiées, vous ne voyez pas ça comme une bonne chose ?

HOINESS

Pas vraiment. Je veux dire, en tant que producteur de canola, j'ai beaucoup à perdre si tout le monde commence à s'en prendre à Monsanto. Le canola OGM, ça nous a fait gagner pas mal plus d'argent qu'avant.

L'AUTEURE

Mais votre organisme représente *tous* les producteurs de canola. Donc, si Percy était un producteur conventionnel et que des OGM se sont mis à pousser dans son champ… Vous ne voyez pas ça comme un problème pour les fermiers conventionnels ?

HOINESS

Percy Schmeiser a été reconnu coupable en cour. Donc, je dirais que notre organisme a pas à se prononcer sur son cas particulier.

L'AUTEURE

Avez-vous une opinion personnelle sur le sujet ?

Un temps.

HOINESS

Ben, en tant que fermier professionnel avec un diplôme en agronomie, puis avec beaucoup d'expérience, je crois pas à ce qu'il dit en ce qui concerne la façon dont le canola s'est retrouvé sur sa terre.

L'AUTEURE

Pourquoi vous ne le croyez pas ?

HOINESS

Parce que, si j'ai bien compris, ça s'est retrouvé sur 400 hectares de sa terre, mur à mur, en fait.

L'AUTEURE

La récolte de 98 ?

HOINESS

Je pense que oui. Est-ce que je crois que des grains auraient pu tomber d'un camion puis se retrouver dans son champ ? Pour avoir autant de grains, pour ensemencer 400 hectares, ça prendrait au moins deux tonnes de semences. Deux tonnes, c'est beaucoup de grains. Ça vient dans des sacs de vingt kilos. Ça veut dire une centaine de sacs.

L'AUTEURE

Je ne pense pas que Percy dit que toutes les semences sont tombées d'un camion la première année…

HOINESS

Écoutez, je sais que Percy a été pas mal prospère au fil des ans, puis on devient pas prospère en faisant des mauvaises récoltes. Mais on a une voisine qui vient de Bruno, puis elle… En tout cas, dans ce coin-là, à Bruno, ils lui font pas confiance.

SCÈNE 9

L'auteure réfléchit un moment, puis elle sort son téléphone et compose un numéro.

PROJECTION

Bruno (Saskatchewan). Population : 495.

Carlyle Moritz travaille dans un champ. Le téléphone sonne chez lui. Sa femme entre et répond.

LA FEMME DE MORITZ

Allô ?

L'AUTEURE

Bonjour, est-ce que je pourrais parler à Carlyle Moritz ?

LA FEMME DE MORITZ

Carlyle ? Euh… Je peux demander qui l'appelle ?

L'AUTEURE, *au public*

Domicile de Carlyle Moritz, l'employé de Percy.

LA FEMME DE MORITZ

De Montréal ?

L'AUTEURE

Je viens d'arriver à Bruno, je vais être là pour quelques jours.

LA FEMME DE MORITZ

Oh, vous êtes ici *présentement* ? OK. Euh… Je pense qu'il vient juste de sortir… Il peut vous rappeler plus tard ce soir ?

L'AUTEURE

Absolument. Pouvez-vous lui donner mon numéro de téléphone ?

LA FEMME DE MORITZ

OK, comme ça. Je vas lui dire de vous rappeler.

La femme de Moritz part au champ prévenir son mari. L'auteure entre dans une quincaillerie, rue Principale, à Bruno. Une vendeuse dans la vingtaine l'accueille.

LA VENDEUSE

Je peux vous aider ?

L'AUTEURE

Merci. Auriez-vous des piles triple A ?

LA VENDEUSE

Je pense qu'on en a derrière le comptoir…

On passe à Percy, qui donne un discours à Austin, au Texas.

PERCY

C'est un plaisir d'être à Austin. Je voudrais remercier les organisateurs de m'avoir invité ici.

L'AUTEURE, *en payant ses piles*

Euh… Je suis venue pour faire de la recherche pour un… pour un article… et je me demandais si je pourrais vous poser des questions sur Percy Schmeiser et Monsanto ?

LA VENDEUSE

Oh, je sais rien de ça.

L'AUTEURE

Vous en avez sûrement entendu parler.

LA VENDEUSE

Oui, j'en ai entendu parler, mais je connais pas l'histoire.

PERCY

Ça fait cinquante-trois ans que je cultive la terre. Mais en plus d'être fermier, j'ai aussi passé vingt-cinq ans dans la vie publique. J'ai été député au Parlement de la Saskatchewan, et j'ai aussi été maire de ma communauté.

L'AUTEURE

Parlons de Percy. Qu'est-ce que vous savez sur lui ?

LA VENDEUSE

Vous allez pas me citer, là ?…

L'AUTEURE

Non… Non, c'est juste pour le contexte. C'est complètement anonyme.

PERCY

Et pendant mes années de vie publique, je me suis toujours battu pour les droits des fermiers et pour des lois qui les aideraient.

LA VENDEUSE

Ben… J'ai juste entendu dire que c'était un trou de cul. *(Rire nerveux.)* Une sorte d'escroc, je sais pas…

PERCY

En tout cas, ça vous donne une petite idée de mon expérience. Maintenant, je vais vous parler de ce qui m'est arrivé.

L'AUTEURE

Où vous avez entendu dire ça ?

LA VENDEUSE

Oh, juste du monde. Ouais, juste deux, trois personnes que je connais dans le village.

L'AUTEURE

Qu'est-ce qu'ils disent d'autre ?

Johannesburg, en Afrique du Sud. Percy est interviewé à la radio.

ANIMATRICE DE JOHANNESBURG

Monsieur Schmeiser, pouvez-vous expliquer à nos auditeurs la décision du juge canadien ?

PERCY

Selon la décision du juge, vous violez le brevet de Monsanto si leur produit se retrouve dans votre champ, peu importe comment il est arrivé là.

FERMIER RETRAITÉ 1

Percy ? Il ment plus vite qu'un cheval peut galoper ! *(Il rit.)*

ANIMATRICE DE JOHANNESBURG
Mais comment se fait-il, monsieur Schmeiser, que le juge puisse en venir à cette conclusion ?

PERCY
Il a considéré que la Loi sur les brevets avait préséance sur les droits des fermiers.

FERMIER RETRAITÉ 1
Ouais, c'était un petit maudit, puis il a jamais changé.

Le fermier retraité 2 rit.

ANIMATRICE DE JOHANNESBURG
Alors, votre défense, que vous conserviez les semences et que vous ne souhaitiez pas du tout la contamination des OGM, ça n'a pas eu de poids en cour ?

PERCY
Non, aucun poids. Il a rendu son jugement en se fondant uniquement sur la loi des brevets, pas sur les droits des cultivateurs.

FERMIER RETRAITÉ 1
On est tous les deux allés à l'école avec lui. Il a toujours été différent. Mais son père aussi était différent. Alors, c'est comme ça.

PERCY
Mais c'est la décision d'un seul juge, et j'ai décidé d'appeler de ce jugement.

L'AUTEURE
C'est quoi, votre perception de sa bataille contre Monsanto ?

FERMIER RETRAITÉ 1

Ben, il s'est fait prendre la main dans le sac…

FERMIER RETRAITÉ 2

La main dans le sac !

FERMIER RETRAITÉ 1

… puis au lieu de faire comme les autres, payer puis se la fermer, il continue de se battre.

ANIMATRICE DE JOHANNESBURG

Vous avez mené un dur combat, monsieur Schmeiser. Ça a changé votre vie ?

PERCY

Ma vie a beaucoup changé. Je voulais prendre ma retraite. Je voulais aller pêcher avec mes petits-enfants.

L'AUTEURE

Et pourquoi il continue de se battre, selon vous ?

FERMIER RETRAITÉ 1

Ben, parce qu'il aime la controverse puis il aime la publicité, puis là, il en a plein partout dans le monde.

PERCY

Une chose qui me dérange vraiment, c'est tout le stress vécu par ma femme, Louise. Elle fait… Elle fait de l'hypertension, et c'est sûr que tout ça a pas aidé.

FERMIER RETRAITÉ 1

Ouais, il est un peu comme Hitler…

PERCY
Ce qui est encore plus difficile pour nous, c'est… c'est l'intimidation de la police de Monsanto.

FERMIER RETRAITÉ 1
Hitler disait que si on invente une menterie assez grosse puis qu'on la répète assez souvent, assez fort puis assez souvent…

PERCY
Ils nous surveillent jour et nuit. Ils se stationnent devant chez nous. Ou quand on travaille aux champs, ils nous surveillent tout le temps. C'est du harcèlement.

L'AUTEURE
OK… Merci de m'avoir parlé.

L'auteure interviewe Wesley Niebrugge.

L'AUTEURE
Monsieur Niebrugge, si j'ai bien compris votre témoignage en cour, vous croyez vous aussi que Percy a utilisé les semences de Monsanto de façon délibérée.

NIEBRUGGE
Oh, je peux vous assurer qu'il les a utilisées délibérément.

L'AUTEURE
Quoi ? Vraiment ?

NIEBRUGGE
Ouais. Il les a achetées d'un fermier du coin.

Un temps.

L'AUTEURE

Comment le savez-vous ?

NIEBRUGGE

J'ai été lui dire deux mots avant le procès. Avant que le procès commence, je me suis dit que je devrais dire à Percy ce que je pensais de toute l'affaire. Ça fait que je lui ai dit : « Ça, c'est ce que je pense qui est arrivé, puis c'est ça que je vas dire en cour. » Puis Percy est devenu fou. En fait, il m'a menacé. Il a dit…

PERCY

Tu vas le regretter !

NIEBRUGGE

J'ai dit : « Comment ça ? Parce que je dis la vérité ? » Cinq minutes après, le gars qui lui a vendu les grains illégalement vient me rendre visite avec le camion de Percy. Ça fait que je sais exactement où Percy est allé après m'avoir menacé. Le gars me dit : « J'imagine que tu as entendu dire que… que j'ai vendu les grains à Percy ? » Puis je réponds : « Ben, je te mentirais si je te disais que j'en ai pas entendu parler, hein ? » Puis là, il dit : « Ouais, je sais pas pourquoi Percy me fait ça. Je pourrais perdre ma ferme au complet. Pourquoi est-ce qu'il a pas juste payé les quarante dollars par hectare puis fermé sa gueule ? »

L'AUTEURE

Mais je ne comprends pas… Vous savez de qui Percy a acheté les grains… Mais vous n'avez pas donné son nom à Monsanto ?

NIEBRUGGE
Non. Monsanto savait que je voulais pas faire tomber cette personne-là. Alors ils ont respecté ça, puis ils me l'ont jamais demandé.

L'AUTEURE
Mais c'est tout ce qu'il leur fallait pour gagner leur procès ! Ils n'ont même pas essayé de vous faire donner cette information-là ? Je suis désolée, j'ai du mal à croire ça.

NIEBRUGGE
Ben… Ils voulaient éviter de mêler toute la communauté à ça. Ce fermier-là puis sa famille, ils les ont payés, les quarante dollars. C'est du bon monde, puis je pense que Monsanto voulait pas leur faire d'ennuis. Ça serait pas bon pour leur réputation, vous comprenez ?

L'AUTEURE
Pas bon pour la réputation de Monsanto ?

NIEBRUGGE
Ouais. *(Un temps.)* Vous comprenez pas, hein ? C'est Percy qui a une mauvaise réputation, par ici. Tout le monde a une histoire à raconter sur Percy, sur un tort qu'il leur a fait, ou qu'il a fait à leur famille.

L'AUTEURE, *avec réticence*
Comme quoi ?

Début de la transition vers la scène 10. Percy commence son discours au Sierra Club de Vancouver, en 2003.

PERCY

Avant d'être poursuivi par Monsanto, je voulais rien savoir de leur canola génétiquement modifié.

L'AUTEURE, *réagissant à ce que Niebrugge vient de lui dire*

Mais pourquoi est-ce que Percy aurait fait des choses comme ça ?... Il réussit plutôt bien, non ? C'est un fermier prospère.

NIEBRUGGE

Non ! Il vaut rien, comme fermier, c'est le pire du coin ! Tout ce qui sort de sa bouche, c'est des mensonges.

PERCY

J'ai jamais acheté leurs semences.

L'AUTEURE

Pourquoi je devrais vous croire ?

NIEBRUGGE

Ben... Qu'est-ce que je gagnerais à mentir ?

L'AUTEURE

En cour, on a suggéré que vous aviez quelque chose à gagner de Monsanto.

NIEBRUGGE

Ouais, un manteau de cuir. Waouh !

PERCY

Alors, quand j'ai perdu mon procès, on est allés en cour d'appel fédérale.

L'AUTEURE

Monsanto vous a offert des choses... une place au Brier...

NIEBRUGGE

Ouais, du *curling*! Les plus gros vendeurs, on les invite aux matchs de hockey à Edmonton!

PERCY

Les trois juges de la cour d'appel se sont prononcés contre moi.

L'AUTEURE

Mais comment il aurait pu tromper autant de gens?

NIEBRUGGE

Parce que c'est tellement facile de trouver du monde qui aime pas Monsanto!

PERCY

Mais on a pas renoncé! Parce qu'on pensait que si les fermiers perdent un jour le droit d'utiliser leurs propres grains, la biodiversité sera menacée.

L'AUTEURE

Accepteriez-vous de me donner le nom et le numéro de téléphone du fermier qui a vendu les grains à Percy?

> *Niebrugge écrit le numéro de téléphone sur une pochette d'allumettes. L'auteure la tient dans sa main pendant que Percy continue de parler.*

SCÈNE 10

PERCY, *au public, comme s'il s'agissait de l'auditoire du Sierra Club*

Ma femme, Louise, et moi, on a décidé de mener notre cause jusqu'à la Cour suprême du Canada. Ce soir, j'aimerais vous expliquer les principales questions que la cour devra trancher.

PROJECTION

Discours de Percy au Sierra Club, Vancouver, 2003.

PERCY

Est-ce que les organismes vivants, les graines, les plantes, les gènes et les organes humains, peuvent appartenir à des compagnies détenant des brevets de propriété intellectuelle ? Est-ce que le droit des fermiers à faire pousser des cultures conventionnelles ou biologiques peut être protégé ? Est-ce que les fermiers peuvent garder leur droit ancestral de réutiliser leurs propres grains ? À qui appartient la vie ?

Une des choses dont on entend *jamais* parler à propos des OGM, c'est le contrôle que les compagnies exercent grâce aux contrats sur les fermiers des prairies nord-américaines. À mon avis, le contrat de Monsanto, l'A.U.T. – l'Accord d'utilisation de la technologie – est un des contrats les plus pervers sur terre, un contrat qui prive les fermiers de leurs droits. Voici les principaux points d'un contrat avec Monsanto : un fermier ne peut en aucun cas utiliser ses propres grains. Il faut toujours acheter ses grains de Monsanto. Il faut acheter seulement les pesticides de Monsanto. Si on commet une quelconque violation à ce contrat, on reçoit une amende, et il faut signer une entente de confidentialité qui interdit au fermier de parler aux médias ou à ses voisins de ce que Monsanto lui a fait subir. Il faut payer à Monsanto quarante dollars par hectare par année pour avoir le privilège de faire pousser leurs semences. Vous devez permettre aux détectives de Monsanto de venir inspecter votre terre ou votre grenier pendant trois ans après la signature du contrat, même si vous avez fait pousser leurs grains pendant seulement une année.

Et qui sont les détectives de Monsanto ? Des ex-policiers de la Gendarmerie royale du Canada. Et ils disent toujours qu'ils sont des « ex » de la GRC, puis la plupart du temps le fermier entend pas le mot *ex*, il entend juste le mot *policier*. Alors, qu'est-ce que vous pensez qui arrive quand la police des gènes débarque chez un fermier ? Le fermier va se demander quel voisin l'a dénoncé. Alors maintenant, on a toute une communauté de fermiers qui se font plus confiance entre eux puis qui ont peur de se parler. On a l'effondrement de la culture rurale agricole, avec des fermiers qui s'entraident plus. C'est une des pires choses qui pourraient arriver… et qui arrive.

On me demande souvent pourquoi les fermiers ont commencé à cultiver des OGM en 1996. Dans ce temps-là, Monsanto a dit aux fermiers, entre autres, que les OGM donneraient des meilleures récoltes. Mais le département de l'Agriculture des États-Unis a admis que le rendement des cultures de soya a baissé de 15 pour cent depuis 1996. Monsanto disait : « Nous allons enfin pouvoir nourrir un monde affamé. » Moi, je dis que, pour nourrir un monde affamé, c'est pas des Monsanto que ça nous prend. C'est des agriculteurs !

Rappelez-vous qu'avec les OGM il y a pas de confinement possible. On peut pas avoir des OGM et des cultures biologiques ou conventionnelles côte à côte. Tout ça va devenir en fin de compte des cultures OGM.

Quand je parle à des fermiers du tiers-monde, en Afrique, en Inde, au Bangladesh, je leur dis qu'ils ont encore le choix. Au Canada, on a plus le choix, pour plusieurs de nos cultures. Tout est contaminé. Et personne est venu nous dire ce qui pourrait se passer. On croyait Monsanto, mais, pire encore, on croyait notre propre gouvernement, et il nous a laissé tomber en laissant entrer les OGM au pays. Les OGM ont été développés dans des centres de recherche agricole du gouvernement partout dans les Prairies, sans notre consentement. Alors Ottawa est entièrement responsable de tout ça.

Et je ne parle même pas de l'économie ! Nous, les fermiers canadiens, on ne peut pas vendre un boisseau de canola à l'Union européenne, parce que là-bas c'est interdit ! Un tiers de notre marché a disparu, et nos prix ont baissé. Maintenant, ils veulent introduire le blé OGM, alors que même la Commission canadienne du blé affirme qu'on y perdrait 80 pour cent de notre marché. C'est aussi grave que ça !

On a le droit de savoir ce qu'on mange. Au Japon, aux Pays-Bas, en Allemagne, en Suisse, en Angleterre, on a fait des tests approfondis sur les produits OGM et on commence à recevoir des résultats qui suggèrent qu'il y a des risques sérieux pour la santé et pour l'environnement. L'Agence canadienne d'inspection des aliments a pas fait *une miette* d'analyse. Comme je l'ai dit, ça, c'est la réalité de ce qui se passe en Amérique du Nord.

En conclusion, pourquoi avoir tenu tête à Monsanto ? Ma femme et moi, on a soixante-douze et soixante-treize ans. On sait pas combien de bonnes années il nous reste, mais on voit les choses comme ça : en tant que grand-père, je me demande quel genre d'héritage je vais laisser à mes petits-enfants. Mes grands-parents et mes parents m'ont laissé la terre. Je veux pas léguer à mes enfants de la terre, de l'air et de l'eau remplis de poison. Je suis certain que tout le monde ici ce soir partage mon sentiment.

Percy descend de l'estrade et marche vers la scène de l'audience de la Cour suprême. Il s'assoit derrière Zakreski.

SCÈNE 11

Cour suprême du Canada, janvier 2004.

ZAKRESKI, *très nerveux*

Madame la juge en chef, mesdames et messieurs les juges…

L'AUTEURE, *au public*

La cause de Percy Schmeiser et Schmeiser Enterprises Ltée *contre* Monsanto Canada Inc. et Monsanto a été entendue par les neuf juges de la Cour suprême le 20 janvier 2004.

PROJECTION

Mme la juge en chef Beverley McLachlin
Mme la juge Louise Arbour
M. le juge Michel Bastarache
M. le juge Ian Binnie
Mme la juge Marie Deschamps
M. le juge Morris Fish
M. le juge Frank Iacobucci
M. le juge Louis LeBel
M. le juge John C. Major

ZAKRESKI

Cet appel concerne la portée des droits et, en particulier, la portée des droits du détenteur d'un brevet et des droits d'un fermier. Notre tâche consiste à définir où la ligne doit être tracée. *(Un temps.)* Où les droits de Monsanto s'arrêtent, et où commencent ceux des fermiers.

En premier lieu, le brevet de Monsanto ne comporte pas de prétentions quant à une plante. Ses prétentions s'arrêtent à un gène et à une cellule. Les cours fédérales inférieures ont interprété ce brevet d'une manière très large. Non seulement le brevet de Monsanto s'applique à la première cellule créée, la cellule génitrice créée en laboratoire, mais, selon l'interprétation des tribunaux, le brevet s'applique aussi à toutes les cellules différenciées subséquentes, tous les milliards d'oméga générés d'après l'alpha. Et c'est de cette manière qu'ils ont trouvé M. Schmeiser coupable de violation de brevet, parce que Monsanto a détecté des gènes brevetés dans les cellules des feuilles et des graines de son canola.

Nous soutenons que si c'est là l'effet du brevet, si le brevet s'étend à chaque cellule de la plante, alors ce qu'on a fait indirectement, c'est de breveter la plante elle-même. Parce que dire qu'on n'a pas breveté une plante tout en disant avoir breveté chacune des cellules qui la composent, c'est comme dire qu'on ne possède pas le Canada tout en disant qu'on possède chaque province, chaque territoire et chaque grain de poussière qui s'y trouvent. Et si c'est bien ce que ces brevets signifient, alors nous nous y opposons en affirmant qu'il s'agit d'une prétention sur une matière non brevetable.

HUGHES

Madame la juge en chef, mesdames et messieurs les juges. Si je comprends bien, mon confrère fonde ses arguments sur l'idée qu'on devrait changer la philosophie sur laquelle repose l'interprétation de la Loi sur les brevets, et nous y opposons que ceci n'est pas un forum pour discuter d'amendements à la Loi sur les brevets. Cette affaire, à notre avis, est une affaire assez simple de violation de brevet. *Neuf* champs, *420* hectares contenant de 95 à 98 pour cent de canola Roundup Ready pur. La plante de canola elle-même n'est pas l'invention de Monsanto. L'invention, c'est le nouveau gène et la façon dont le gène est implanté dans les cellules de la plante.

LE JUGE BASTARACHE

Si vous aviez effectivement breveté la plante, quelle serait la différence entre ce que vous revendiqueriez et ce que vous revendiquez aujourd'hui ?

HUGHES

Parce que la plante elle-même n'est pas mon invention. Mon invention est une partie de la plante : le gène et la cellule.

LA JUGE ARBOUR

Mais vous dites dans vos documents que « Schmeiser savait qu'il détenait l'invention ».

HUGHES

Oui.

LA JUGE ARBOUR

Mais la plante n'est pas l'invention.

HUGHES

C'est exact.

LA JUGE ARBOUR

Alors, de quelle manière pouvons-nous dire qu'il détenait l'invention, si l'invention est une cellule isolée dans laquelle le gène modifié a été implanté avant la différenciation ?

HUGHES

Parce qu'il est allé l'arroser de pesticide et que 60 pour cent de sa plantation a survécu !

LA JUGE ARBOUR

Mais vous dites que l'invention n'est pas la plante. Dans quel sens, dans quel sens légal ou factuel, pouvons-nous affirmer que Schmeiser détenait un produit protégé par un brevet, qui est une cellule isolée avant différenciation ?

HUGHES

Non, non, je… je n'ai pas utilisé le terme *isolée*, Votre Seigneurie.

LA JUGE ARBOUR

Peut-être que c'est tout ce à quoi la loi vous donne droit.

HUGHES

La loi m'accorde les droits sur la cellule parce qu'elle est nouvelle ! Mais une fois que je l'ai, je ne vais pas me contenter de la poser sur une tablette comme une simple curiosité de laboratoire. Je vais m'en servir ! Un droit sur un gène qui végète sur une tablette de laboratoire n'a aucune valeur. La raison d'être de la Loi sur les brevets est d'encourager la recherche et le développement. Si on n'offre pas de protection contre la violation du brevet par utilisation de la plante, la Loi sur les brevets sera sans substance.

ZAKRESKI

Mesdames et messieurs les juges, on est en train de nous menacer : on nous dit qu'à moins d'une défaite de M. Schmeiser, à moins d'une victoire de Monsanto, des compagnies comme Monsanto vont lever les pattes et aller s'établir ailleurs. À mon sens, cet argument ne devrait pas prévaloir.

HUGHES

Mesdames et messieurs les juges, M. Schmeiser a laissé entendre que les graines étaient arrivées dans son champ par le vent, ou des insectes, ou des camions, ou qu'elles sont tombées des machines agricoles ou qu'elles provenaient des andains d'autres champs. Mais le juge au procès a dit : « Je suis convaincu par les preuves apportées par l'ingénieur agronome Keith Downey… »

L'auteure sort la pochette d'allumettes avec le numéro de téléphone que Niebrugge lui a donnée. On entend la composition d'un numéro de téléphone, suivie d'une sonnerie de plus en plus forte.

NADÈGE

Non !

HUGHES

« … qu'aucune des causes avancées ne peut raisonnablement expliquer la concentration de canola Roundup Ready trouvée sur les terres de M. Schmeiser. »

NADÈGE

Il ne peut pas ramener ça maintenant ! On est trop avancés pour… pour se pencher là-dessus…

HUGHES

Nous avons comme preuve son employé, Carlyle Moritz, s'adressant à un garagiste de son village...

NADÈGE

Ce n'est même pas ça que la Cour suprême examinait... si oui ou non son employé avait dit au garagiste que...

HUGHES

... Wesley Niebrugge...

NADÈGE

Quelle espèce d'avocat minable êtes-vous pour arriver avec ça maintenant ? Vous n'avez rien établi de ça dans les tribunaux inférieurs !

HUGHES

... que M. Schmeiser a délibérément semé du canola Roundup Ready dans ses champs.

NADÈGE

Il n'a pas volé les grains ! Puis même s'il l'avait fait, ce n'est plus pertinent à cette étape !

ZAKRESKI, *en colère, à l'auteure*

Écoutez, si vous pensez qu'il a obtenu les grains illégalement, trouvez-moi la personne. Monsanto n'a jamais pu le prouver... avec tout leur argent. Ils ont dépensé trois quarts de million de dollars sur ce procès, ils avaient tous les détectives privés qu'ils voulaient à leur disposition, ils avaient tous les avocats qu'ils voulaient, et ils n'ont jamais pu prouver que

Percy avait menti ! Alors, si quelqu'un pense pouvoir le prouver… Allez-y donc !

Un fermier de Bruno et sa femme entrent et regardent le téléphone qui sonne. La femme répond.

LA FEMME DU FERMIER DE BRUNO
Allô ? *(Un temps.)* Allô ?

L'AUTEURE
Oui, bonjour… Je vous appelle de Montréal… Je fais de la recherche pour un article…

LA FEMME DU FERMIER DE BRUNO
De Montréal ? Qu'est-ce que vous voulez ? C'est à quel sujet ?

L'AUTEURE
Euh… Je me demandais si on pouvait parler de Percy Schmeiser et de son procès contre…

LA FEMME DU FERMIER DE BRUNO
Oh, non. Non, merci.

L'AUTEURE
Est-ce que c'est possible de parler à votre mari ?

LA FEMME DU FERMIER DE BRUNO
Oh, non. Il est occupé. Il peut pas parler…

L'AUTEURE
Je voudrais juste lui demander…

LA FEMME DU FERMIER DE BRUNO
Non… Non. On a de la visite.

Elle raccroche.

Un temps.

LA JUGE EN CHEF McLACHLIN

Merci beaucoup. La cour va mettre la cause de cet appel en délibéré. Et l'audience est levée.

Bruit de marteau d'un juge.

SCÈNE 12

PROJECTION

Interview du professeur Barry Commoner, Long Island (New York).

L'AUTEURE

Pourquoi est-ce que le dogme central de Watson-Crick continue à être au cœur de la génétique, alors que plusieurs de ses thèses sur l'ADN ont été réfutées ?

COMMONER

Parce que l'argent a déformé le processus scientifique.

L'AUTEURE

Pouvez-vous développer ?

COMMONER

Eh bien, vous avez combien de temps devant vous ? *(Il regarde sa montre.)* Je dois être au théâtre à 20 heures.

L'AUTEURE, *souriant*

Je vais prendre tout le temps que vous pouvez m'offrir d'ici là.

COMMONER

Eh bien, je pense que vous pouvez comprendre qu'on a affaire ici à un très gros morceau de la science, financièrement et en nombre de personnes impliquées.

L'AUTEURE

Oui.

COMMONER

Et la presque totalité de la recherche génétique aujourd'hui est faite au profit de l'entreprise privée. On ne parle plus de la bonne vieille biologie, vous comprenez, les oiseaux, les abeilles, les grenouilles. Il s'agit d'une transformation totale, qui s'est opérée dans les cinquante dernières années, une transformation qui semble de nature économique en surface, mais qui implique des changements culturels au cœur même de la science.

L'AUTEURE

Comme quoi ?

COMMONER

On dit que certaines choses sont « trop belles pour être vraies ». Dans une entrevue avec *Time Magazine*, il y a quelques années, quand Watson a finalement admis que certains aspects de sa théorie allaient trop loin, il a dit : « C'était trop beau pour être faux. »

Sa perspective, c'était : « Cette chose est si belle, si puissante, il faut que ce soit vrai. » Et c'est maintenant une croyance culturelle, que la nouvelle génération de scientifiques a intégrée dès l'enfance.

L'AUTEURE

À votre avis, qu'est-ce qui paraissait si puissant dans leur théorie ?

COMMONER

Sa simplicité. Tout le monde aime les histoires simples. « Une séquence de nucléotides dans l'ADN contient toutes les instructions nécessaires pour produire un trait donné dans un organisme. » Cette proposition linéaire ignore de façon spectaculaire la complexité fantastique de la vie cellulaire. Vous avez lu mon article ?

L'AUTEURE

Oui.

COMMONER

Vous comprenez donc qu'il y a plusieurs autres agents à l'intérieur de la cellule qui jouent des rôles déterminants dans la transmission du code ADN.

L'AUTEURE, *regardant ses notes*

Oui… comme… comme… les splicéosomes ?

COMMONER

Comme les splicéosomes, qui en réalité déplacent les séquences nucléiques de l'ADN. Et comme toutes ces protéines chaperons qui réparent l'ADN quand il fait des erreurs dans le processus de duplication. Ces processus ont évolué naturellement pendant des milliers d'années. On ne peut pas simplement attraper une de ces molécules, l'ADN, et l'insérer dans une cellule d'une espèce étrangère, dotée d'une composition protéique différente.

L'AUTEURE

Pourtant, on le fait… avec pas mal de succès, apparemment. On modifie des organismes pour qu'ils se comportent comme on le souhaite…

COMMONER

Nous pensons qu'ils se comportent comme on le souhaite… Mais qui sait ? Nous n'avons aucune idée des conséquences non souhaitées. Personne n'a réellement fait les tests. C'est trop cher.

L'AUTEURE

Ce qui nous ramène à la question de l'argent.

COMMONER

Oui. Même les scientifiques du secteur public ne remettent pas en question la technologie de l'ADN recombiné, parce qu'ils ont peur. Peur de ne pas avoir de poste, peur de ne pas être publiés, peur de ne pas recevoir de fonds pour leurs recherches.

L'AUTEURE

Mais le public ? Si le public savait… Il pourrait exiger un changement, non ?

COMMONER

Le public ? Trop souvent, les scientifiques considèrent que le public est incapable, irrationnel… L'ironie, évidemment, c'est que l'industrie biotechnologique est basée sur une théorie vieille de quarante ans. *(Un temps.)* Est-ce que ça pourrait être votre dernière question ?

L'AUTEURE

Bien sûr. Euh… James Watson a déclaré que l'ADN représente « la description suprême de la vie ». Quelle est votre « description suprême de la vie » ?

COMMONER

La vie… *(Un temps.)* La vie, c'est la vie. En d'autres mots, qu'est-ce qui se reproduit ? Est-ce la protéine ? L'ADN ? Non, c'est *la vie*. C'est une entité indivisible.

D'accord, on peut la décomposer, mais elle ne sera pas ce qu'elle était avant. Et c'est vrai : comment est-ce qu'on analyse les composantes de la vie ? La première chose qu'on fait est de tuer l'organisme vivant, n'est-ce pas ?

L'AUTEURE

En effet.

SCÈNE 13

Percy compose un numéro. Le téléphone de l'auteure sonne. Un technicien tend un bout de papier à l'auteure, qu'elle lit à voix haute avant de répondre.

L'AUTEURE

Vingt et un mai 2004. *The Globe and Mail.* « La Cour suprême du Canada a écrit une page de notre histoire biotechnologique aujourd'hui, en rendant un verdict de cinq contre quatre en faveur de… Monsanto. »

TECHNICIEN 2

« Le jugement aura un impact considérable sur l'industrie mondiale de la biotechnologie, où le génie génétique est en plein essor. »

TECHNICIEN 4

« Dans ce qui représente une victoire personnelle pour Schmeiser, cependant, la Cour suprême a renversé un jugement précédent qui condamnait Schmeiser à payer à Monsanto les frais encourus par celle-ci durant le procès. »

TECHNICIEN 5

« La cour a conclu que Schmeiser n'avait pas réalisé de profit grâce à l'invention de Monsanto et que la compagnie n'avait droit, par conséquent, à aucune compensation de sa part. »

L'AUTEURE

Allô ?

PERCY

Annabel, c'est Percy Schmeiser de la Saskatchewan à l'appareil.

L'AUTEURE

Percy, comment ça va ?

PERCY

Ouais… Très bien, merci. Toi, ça va bien ?

L'AUTEURE

Bien, merci.

PERCY

La raison de mon appel, c'est parce que j'ai reçu un téléphone ce matin. Il y a des gens à Bruno qui disent que tu les as appelés hier soir, puis ils étaient un peu troublés à cause de certaines choses que t'as dites. Un des commentaires, puis je sais pas si c'est vrai ou pas, c'est que tu aurais dit que je suis pas très apprécié dans ma communauté. Est-ce que tu as vraiment dit ça ?

L'AUTEURE

Euh, ben…

PERCY

Parce que je sais pas si tu le sais, mais depuis le procès j'ai été élu conseiller municipal, adjoint au maire. Je veux juste que tu te souviennes que Monsanto est venu ici puis a offert de l'argent et des cadeaux à du monde pour dire des choses négatives sur moi.

Louise entre et écoute la conversation.

PERCY
Puis là, quand le monde reçoit un appel de quelqu'un à Montréal qui dit que je suis pas très aimé dans ma communauté, ils apprécient pas tellement. Tu comprends ?

L'AUTEURE
Oui, je comprends…

PERCY
Les gens qui m'ont appelé étaient même un peu surpris que tu aies leurs noms puis leurs numéros de téléphone, tu sais ?

L'AUTEURE
Oui, je peux imaginer que ça leur a paru très intrusif.

PERCY
Ils me demandent : « Qu'est-ce qui se passe ? Pourquoi on fouille là-dedans ? » Je veux dire… Tu peux imaginer combien d'appels ils reçoivent de partout dans le monde. Puis on sait pas combien de ces appels sont arrangés par Monsanto. Mais le monde est tellement fatigué de ça. Puis ça me rend mal à l'aise, non seulement la situation que j'ai fait vivre à ma famille en me battant contre Monsanto, mais aussi que mes voisins se fassent harceler ou intimider, ou qu'ils reçoivent des appels pour se faire poser des questions tendancieuses. Hein ?

Louise prend le téléphone des mains de Percy.

L'AUTEURE
Je suis désolée.

Louise raccroche.

ÉPILOGUE

L'AUTEURE, *au public*
Le pouvoir de la perception est infini.

Je sais que chacun d'entre vous ici, ce soir, aura une interprétation différente de la pièce. Et je pense que c'est bien.

Mais pour moi, il y a une chose irréfutable : l'histoire de la résistance de Percy a inspiré une discussion mondiale sur les semences génétiquement modifiées qui continue de se propager dans toutes sortes de directions, encore aujourd'hui. Récemment, 300 000 agriculteurs nord-américains ont intenté, à New York, un recours collectif pour empêcher Monsanto de poursuivre les fermiers qui se retrouvent avec sa luzerne OGM dans leurs champs. À l'autre bout du monde, le gouvernement chinois songe à introduire la culture du riz OGM pour nourrir son milliard et demi d'habitants. Peu importe où on se situe dans le débat sur les aliments génétiquement modifiés, on continue de se référer à l'impact qu'aura eu Percy Schmeiser.

Le mystère au cœur de l'histoire de Percy demeure troublant. Moi, je choisis de voir ce mystère comme une illustration éloquente de la réalité complexe, épuisante, incontrôlable de la vie… Une réalité dans laquelle chacun d'entre nous affecte les autres et se trouve affecté à son tour, souvent de façon involontaire. Un monde où on peut remettre en question des croyances qui ont cessé de nous servir.

Mais si nous ne nous penchons pas sur le monde, nous ne le verrons pas. Parce que ce n'est pas la réalité, ou la biologie de la vie, qui a changé depuis Watson et

Crick. C'est notre perception qui change. C'est à nous de nous questionner sur la vie et sur la manière dont nous voulons la voir se modifier.

Je pense que notre avenir en dépend. Mais c'est l'avis d'une seule personne. *(Elle regarde ses partenaires.)* Pas tout à fait…

Merci de nous avoir écoutés.

Remerciements

L'écriture de *Grains* fut une entreprise collaborative du début à la fin. À chaque personnage de la pièce correspond une personne réelle. La plupart de ces personnes m'ont parlé directement à l'occasion de longs entretiens, puis ont généreusement accepté que leurs paroles soient reproduites textuellement. Je tiens à remercier en particulier Terry Zakreski et Illimar Altosaar, qui ont continué à me fournir des renseignements et des précisions jusque dans les derniers stades de l'écriture.

Je suis reconnaissante envers les comédiens et l'équipe artistique qui ont monté avec moi une première version de la pièce en 2005 : Andreas Apergis, Jonas Bouchard, Ana Cappelluto, Chip Chuipka, Richard Cliff, Alex Ivanovici, Greg Kramer, Alexander MacSween, Joel Miller, Jennifer Morehouse et Julie Tamiko Manning.

La version du texte sur laquelle est basée cette traduction a été abondamment travaillée en *workshop* à Montréal avant d'être créée à Toronto en février 2012. Je conserverai toujours une dette envers les comédiens et comédiennes qui se sont approprié le texte et m'ont aidée à le mettre en forme à cette époque : Bruce Dinsmore, Mariah Inger, Alex Ivanovici, Tanja Jacobs, Cary Lawrence, Eric Peterson et Liisa Repo-Martell. Merci également à Ana Cappelluto, Mitchell Cushman, Chad Dembski, Richard Feren, Julie Fox, Elysha Poirier, Camille Robillard, Angeline St. Amour et Eric Savory pour leurs efforts et leurs idées durant le travail en *workshop*.

À mes collègues de Porte Parole, Jean-François Garneau, Annie Perron et Joël Richard : votre détermination a rendu possible l'écriture de cette version de *Grains*. Merci aussi aux membres présents et passés du conseil d'administration de Porte Parole pour avoir soutenu le projet de mille façons. Un merci spécial à Farès Khoury, qui croit en moi depuis si longtemps.

Je remercie Monica Esteves et Hilary Green, du Crow's Theatre, d'avoir pris le risque de produire *Grains*.

Merci à Chris Abraham, dont les doigts inspirés ont laissé des empreintes partout dans ce texte, et sans qui cette nouvelle version de *Grains* n'aurait peut-être pas vu le jour.

Merci à ma famille, qui s'est tenue près de moi tout au long de ce processus et qui sait bien tout ce que j'ai sacrifié pour écrire *Grains* : mes parents, Ian et Helgi ; mes frères, James et Adam ; ma belle-sœur, Abby ; et mes deux filles, Ella et Beatrice.

Enfin, merci à mon mari, Alex Ivanovici, dont l'aptitude remarquable à vivre avec poésie m'inspire et me soutient chaque jour.

Je suis profondément reconnaissante envers Fanny Britt pour avoir piloté la traduction de *Grains* avec tant de talent, de sagesse et de patience. En acceptant de mettre la touche finale à son travail de concert avec moi, avec le metteur en scène Chris Abraham et avec les comédiens et comédiennes qui répétaient à La Licorne la première production de la pièce en français, elle a rendu possible la naissance d'une version française vraiment dynamique qui respecte en même temps le caractère documentaire de l'original anglais.

Merci à la troupe talentueuse qui a contribué avec courage et intelligence à la création de la version française de la pièce : Christine Beaulieu, Bruce Dinsmore, Marie-Josée Gauthier, Mariah Inger, Alex Ivanovici, Cary Lawrence et Guy Thauvette.

Chris Abraham a laissé sa vision et sa mise en scène de la production anglaise subir l'influence de la langue française et de la culture québécoise tandis qu'il préparait l'adaptation de la pièce à Montréal. La présente traduction porte la marque de son ouverture d'esprit et de son grand talent.

Cette traduction n'aurait peut-être jamais vu le jour sans l'invitation généreuse de Jean-Denis Leduc, de Denis Bernard et de Philippe Lambert, du théâtre La Licorne, à produire la pièce en français à Montréal, en septembre 2012. Je leur suis profondément reconnaissante d'avoir ouvert toutes grandes les portes de leur splendide théâtre à des artistes anglophones.

Je remercie mes collègues dévoués et déterminés de Porte Parole d'avoir travaillé si fort à construire le pont qui a permis à cette pièce de passer de l'anglais au français.

Enfin, merci à Christophe Horguelin, des Éditions Écosociété, pour sa détermination à promouvoir la publication d'une pièce de théâtre chez cet éditeur. Souhaitons que sa vision permette à l'histoire importante de la bataille judiciaire de Monsanto contre Schmeiser de rejoindre des lecteurs au-delà des frontières du théâtre.

L'élaboration de *Grains* a bénéficié du soutien généreux du Conseil des arts et des lettres du Québec, du Conseil des arts du Canada, du Conseil des arts de

Montréal, du Centre for Research-Creation in Media Arts and Technologies Hexagram-Concordia, de l'Université York et du Playwrights' Workshop Montreal.

Cette traduction a pu être réalisée grâce à une subvention du Conseil des arts du Canada.

Merci au théâtre La Licorne d'avoir soutenu la traduction de *Seeds* en offrant de coproduire la version française de la pièce.

TABLE

LES ÉDITIONS
écosociété
MONTRÉAL

Faites circuler nos livres.

Discutez-en avec d'autres personnes.

Si vous avez des commentaires, faites-les-nous parvenir ; il nous fera plaisir de les communiquer aux auteurEs et à notre comité éditorial.

Les Éditions Écosociété
C.P. 32052, comptoir Saint-André
Montréal (Québec) H2L 4Y5

Courriel : ecosociete@ecosociete.org
Toile : www.ecosociete.org

NOS DIFFUSEURS

EN AMÉRIQUE

Diffusion Dimedia inc.
539, boulevard Lebeau
Saint-Laurent (Québec) H4N 1S2
Téléphone : (514) 336-3941
Télécopieur : (514) 331-3916
Courriel : general@dimedia.qc.ca

EN FRANCE et EN BELGIQUE

DG Diffusion
ZI de Bogues
31750 Escalquens
Téléphone : 05 61 00 09 99
Télécopieur : 05 61 00 23 12
Courriel : dg@dgdiffusion.com

EN SUISSE

Servidis S.A
Chemin des Chalets
1279 Chavannes-de-Bogis
Téléphone et télécopieur : 022 960 95 25
Courriel : commandes@servidis.ch

RECYCLÉ Papier
FSC FSC® C100212

Achevé d'imprimer
en mars deux mille quatorze, sur les presses
de l'imprimerie Gauvin, Gatineau, Québec